The Writing Ideas and Innovative Techniques
in Samuel Beckett's Plays

塞缪尔·贝克特的
创作思想与戏剧革新

李 静◎著

中国书籍出版社
China Book Press

图书在版编目（ＣＩＰ）数据

塞缪尔·贝克特的创作思想与戏剧革新/李静著.
-- 北京：中国书籍出版社，2017.7
ISBN 978-7-5068-6215-8

Ⅰ.①塞… Ⅱ.①李… Ⅲ.①贝克特(Beckett,Samuel 1906–1989) —戏剧评论 Ⅳ.① I562.073

中国版本图书馆 CIP 数据核字 (2017) 第 129419 号

塞缪尔·贝克特的创作思想与戏剧革新

李 静 著

责任编辑	刘 娜	
责任印刷	孙马飞 马 芝	
封面设计	田新培	
出版发行	中国书籍出版社	
地　　址	北京市丰台区三路居路 97 号（邮编：100073）	
电　　话	（010）52257143（总编室）　　　（010）52257153（发行部）	
电子邮箱	chinabp@vip.sina.com	
经　　销	全国新华书店	
印　　刷	北京市媛明印刷厂	
开　　本	170 毫米 ×240 毫米　　1/16	
字　　数	150.4 千字	
印　　张	10.25	
版　　次	2017 年 7 月第 1 版　　2017 年 7 月第 1 次印刷	
书　　号	ISBN 978-7-5068-6215-8	
定　　价	39.00 元	

前 言

　　作为一名广为人知的戏剧艺术家，贝克特通过一种特殊的戏剧手法表现了人类的终极悲惨和孤寂处境，他那些伟大的戏剧作品改写了20世纪的戏剧史，成了经久不衰的传世之作，也引发了大量对其戏剧探索模式进行研究的文学批评作品。

　　贝克特对世界的情感强度及其在戏剧革新领域的伟大成就令人难以望其项背。由于其作品揭示了人类生存的荒诞处境，以崇高的艺术展现了人类的苦恼，贝克特于1969年获得了诺贝尔文学奖。半个多世纪以来，贝克特的作品在文学界一直占有不可替代的重要地位，他的戏剧作品更是在全世界广为传播，被不断翻译和改编成多种语言，搬上各国剧院的舞台，盛演不衰。西方国家一些中小学的课本还将贝克特的戏剧作品收录在内，作为必读篇目。在爱尔兰，贝克特与乔伊斯齐名，备受尊崇，是爱尔兰人的骄傲。横跨爱尔兰的利菲河上有座贝克特桥就是以这位文学巨匠的名字来命名的。不仅如此，都柏林还有以其姓名命名的剧院，就连贝克特的毕业论文都被完好地珍藏在三一学院。

　　贝克特不仅是爱尔兰的，更是世界的。他的作品放眼整个宇宙，以饱含哲理、警醒世人、揭示人类生存状态而著称，不但具有深刻的思想内涵，还具有极高的美学价值。尤其是在戏剧领域，贝克特不仅引领了先锋派的荒诞剧创作潮流，更是在戏剧形式和内容上不断探索，持续进行颠覆传统的实验，开辟出了更为广阔的戏剧革新之路。值得一提的是，贝克特实现了比利时戏剧家梅特林克未能完成的戏剧构想，即创作一种全新的戏剧形式——静止戏剧。贝克特还十分擅长创作广播剧和电视剧，他的许多作品至今仍广受好评。

　　本书共分七章，第一章详细叙述贝克特的生平、不同创作阶段的作品以及二者之间的关系。第二章梳理国内外对贝克特本人及对其作品的研究情况。第三章分析贝克特的创作思想与西方哲学思潮的关系。从第四章到第七章阐述的是贝克特的戏剧创作艺术，包括贝克特的荒诞艺术、静默艺术、广播剧和电视剧创作以及贝克特戏剧的舞台表演。这四章是本书的重点部分。这一部分的写作尤其要感谢南京大学外国语学院何成洲教授的帮助，正是在何教授的启发和指导下，本书作者对贝克特的静止戏剧产生了极大兴趣。此外，本书还借鉴吸收了一些国内外贝克特研究专家及同行的相关研究成果，在此一并表示感谢。

　　鉴于本书作者学识有限，加之时间紧迫，书中或有错误与不足之处，欢迎各位专家和读者批评指正。

李 静

2016 年 12 月

目 录

第一章 贝克特其人其作

　　戏剧家、小说家、文艺批评家塞缪尔·巴克利·贝克特是 20 世纪最具独创精神的文学大师之一。其创作领域广泛，在小说、诗歌、戏剧等方面均有不菲的成就，尤以在戏剧领域的形式新奇的先锋派创作而为人知晓。他在作品中反映了现代人生存的困境、人与其生存环境的脱节、真实世界中的荒诞人生以及真实人生中的荒诞世界。他的作品实现了内容和形式的完美统一，具有独特的美学价值，而这些伟大作品的创作与他的人生轨迹是密不可分的。

第一节 大师的一生

　　贝克特于 1906 年出生于爱尔兰都柏林郊区福克斯洛柯的斯底劳根（Cooldrinagh in Foxrock），父亲是建筑行业的质量评估员，母亲是护士，其父母都是爱尔兰圣公会①的成员，祖父是胡格诺派②成员。贝克特的父母于 1901 年结婚，次年 7 月 26 日，贝克特的哥哥弗兰克·爱德华·贝克特出生。贝克特出生时父母都已经 35 岁了。关于贝克特本人的具体出生日期说法不一，尚存争议。目前最常见的记载是 4 月 13 日，也有版本说是 3 月 13 日或 5 月 13 日，但据说贝克特本人更认可 4 月 13 日，那天是复活节前的星期五，耶

---

　　① 又叫爱尔兰圣公宗，英国国教派，基督教新教的一派，第二大教，1869 年颁布的爱尔兰教会法案（Irish Church Act）不再把爱尔兰圣公会作为国教。

　　② 法语：Huguenot，又译雨格诺派、休京诺派，16 到 17 世纪法国新教徒形成的一个派别，法国新教归正宗的一种。

稣受难日。所以贝克特的生日颇具意味，无论是数字 13 还是星期五都不免让人联想到耶稣基督，仿佛暗示着人生的苦难，给大师的一生增添了一抹神奇的色彩。

贝克特从小成长环境就十分优越，家里的房子很大，带有花园，位于富人聚居区，其父威廉·贝克特于 1903 年还在家中建造了网球场。贝克特在其散文和戏剧作品中曾描述过他家的房子、花园和球场，还有他经常跟父亲一起散步的附近乡村美景以及福克斯洛柯火车站等地。

贝克特天资聪慧，五岁时在当地一所学校开始学习音乐，六岁就开始学习法语，孩提时代和中小学时期的贝克特喜爱体育运动，擅长网球、高尔夫球、橄榄球，喜欢拳击，且多才多艺，琴棋书画样样精通，还十分擅长写作，显露出了对语言的非凡驾驭能力。都说父母是子女的第一任老师，说到贝克特小时候的这些突出表现，不得不承认它们与贝克特母亲孜孜不倦的教导和耐心的陪伴紧密相连。贝克特的母亲玛丽·琼斯·罗出生于都柏林的名门望族，是虔诚的教徒。她是一位极具奉献精神的伟大女性，她为了两个儿子的成长付出了宝贵的时间和精力，默默地陪伴在他们的身旁，给他们鼓励和指导，帮助他们培养各种兴趣爱好。贝克特的父亲是个性格开朗、十分热爱自然的人，他教贝克特钓鱼、游泳、打高尔夫球等，培养了贝克特从小对体育、对自然的热爱。贝克特的父母笃信新教，对子女教育十分严格。尤其是他的母亲，经常用传统的教育方式严格要求他，对他进行新教宗教仪式教育，所以贝克特对母亲又爱又怕。而对父亲，贝克特则是十分敬重和爱戴的。这些对父母的微妙情感在贝克特的小说作品中有很好的体现。

贝克特十岁时，即 1916 年，爱尔兰爆发了历史上著名的民族独立运动——复活节起义。20 世纪初的爱尔兰是英国的殖民地，1916 年时第一次世界大战已经爆发，英国忙于战争，无暇顾及爱尔兰民族独立运动。复活节后的星期一，即 4 月 24 日，在爱尔兰共和兄弟会领袖皮尔斯和市民军领袖康诺利的领导下，爱尔兰复活节起义爆发了。起义之初并未大范围得到民众的支持，后来英国派了两万军队包围起义军占领的地区，五天后起义失败，起义领袖宣布投降，15 名起义领袖被军事法庭宣布处死。英国的暴力镇压改变了爱尔兰民众的舆论倾向，激起了他们的爱国主义热情。为了躲避都柏林的血腥动乱，贝克特的父亲将其大儿子送往远离都柏林的一家学校读书，但小儿子贝克特因为自幼身体羸弱，经常生病，加之年龄又小，就留在了父母身边，继续在于 1915 年入学的厄尔斯福特学校①读书。贝克特与父亲一起目睹了都柏林当年的惨烈暴动和混乱不安。与此同时，作为英国军队的一员，贝克特的叔叔参加了 1914 年到 1918 年的第一次世界大战。因此刚满十岁的贝克特生平第一次感到了对立矛盾的冲击，一边是反抗英国殖民统治的民族起义和英国镇压军的残酷，另一边是自己的亲人为英国而战。这件事情对贝克特的性格产生了很大的影响，外表柔弱安静的贝克特成了一个内心敏感忧郁、倔强不已、喜欢独处思考的孩子。原本该是无忧无虑的快乐童年，在贝克特后来的回忆里被描述成并不幸福的时光，他觉得那时的他无法感到快乐。

后来贝克特就读了哥哥于 1916 年就读的专为盎格鲁—爱尔兰中产阶级而设的普托拉皇家寄宿学校②。贝克特天生聪颖，在厄尔斯福特的时候，贝克特接触的宗教和体育，对他产生了重要影响。而在普托拉，贝克特又接触了音乐和各式歌曲，学校常常组织学生去恩尼斯基林的圣马丁大教堂参加周日礼拜。在这里，贝克特还获得了全校的轻重量级拳击比赛冠军。中学时期学校的教育方式和包容性的宗教精神对贝克特的思想有着重要影响。值得一提的是，在普托拉的贝克特就已经表现出了他的语言天赋，在文科课程学习上出类拔萃，写作得过满分，经常给校报投稿。在这些众多的兴趣爱好中，

---

① Earlsfort School，位于都柏林市中心的一所中学。

② 英文为 Portora Royal School，普托拉皇家中学，位于北爱尔兰西南部城市恩尼斯基伦，曾为三一学院输送了大批优秀生源。作家贝克特、王尔德和十九世纪谱写《求主同住》（Abide with Me）的牧师兼作曲家亨利·莱特均是该校的杰出校友。

贝克特最喜爱的莫过于对文学经典进行广泛的涉猎和深入的阅读。他喜爱文学，钟爱英国浪漫主义诗歌。对古典拉丁语作家作品的阅读也为他将来的写作打下了坚实的基础。在普托拉学校领导的印象里，贝克特是个聪明、忧郁、内向的学生。

成绩优秀的贝克特于 1923 年 4 月进入都柏林三一学院①，学习现代语言（法语和意大利语）。大学期间贝克特的学习成绩依然十分突出，爱好也十分广泛。都柏林三一学院学生团体众多，比如有世界上最古老的、建立于 17 世纪的大学哲学学会，还有专业的板球、赛艇、足球等代表队，为提高学生的表达能力，鼓励他们参与学术研究，大学还设了多份学生出版刊物，贝克特就曾经向其中一个学生杂志《三一学院文学著作汇编》（英文 *Trinity College Miscellany*）投过稿。在都柏林三一学院读书期间，贝克特痴迷于欧洲文艺复兴时代的开拓人物之一意大利诗人但丁·亚利基利 (意大利语：Dante Alighieri, 1265—1321 年）的作品，尤其喜爱其《神曲》三部曲②。但丁可以说是贝克特一生的灵魂导师，贝克特在作品里喜欢使用的人名贝拉夸（Belacqua），很容易让人想到在但丁神曲《炼狱篇》里的同名音乐家角色。当贝克特获得诺贝尔文学奖后，记者询问他获奖后的打算，他说："我只想坐下来彻底放松，想想但丁。"③但丁是影响贝克特一生的人物。据说贝克特在临终前，枕边仍珍藏着但丁的《神曲》。

---

①都柏林三一学院（英语：Trinity College Dublin），简称 TCD。它是爱尔兰最古老最著名的都柏林大学下属的唯一学院，都柏林大学（英语：The University of Dublin，爱尔兰语：Coláiste na Trínóide）是 1592 年由伊丽莎白一世下令为 "教化" 爱尔兰而参照牛津、剑桥大学模式而兴建，至今已有 400 多年历史。学校的许多学科都处于世界领先地位。现为欧洲顶尖大学联盟科英布拉集团成员之一。奥斯卡·王尔德，萨缪尔·贝克特都毕业于该校。

②《神曲》原名《喜剧》，三部曲指《地狱》（*Inferno,Hell*）、《炼狱》（*Purgatorio,Purgatory*）、《天堂》（*Paradiso,Paradise*）。

③贝克特原句用的是 "sit on my arse and fart and think about Dante"。见 Nicholas Lezard's "Radio: Ride of the Valkyries? That's Chill-Out Music", *Independent on Sunday* Magazine, 2004.

在三一学院，贝克特师从托马斯·拉德莫斯—布朗（Thomas B. Rudmose-Brown）教授。这位导师对贝克特的影响巨大。拉德莫斯—布朗教授是最早将法国诗歌引入爱尔兰的学者之一，也是诗人，能使用英法两种语言创作（这一点跟后来的贝克特一样）。拉德莫斯—布朗于1918年在都柏林出版了《法国文学研究》（*French Literary Studies*）一书。在他的影响下，贝克特对法国诗歌产生了兴趣，阅读了法国普鲁斯特（Proust）等著名作家的经典文学作品。贝克特曾在给朋友的信件中亲切地将其导师称为"鲁迪"，并且表示对他心存敬爱和感激之情。

贝克特的辅导老师——哲学家鲁斯（Arthur Aston Luce,1882—1977）博士也是对他有重要影响的人之一。鲁斯在英国英格兰西南部塞文河口东北方的格洛斯特郡出生，他曾经随英军参加第一次世界大战，后在三一学院工作，在爱尔兰度过了大半生。他主要研究贝克莱大主教[①]的作品，对贝克莱的理想主义有详尽的阐释，被誉为哲学家。1908年他被任命为爱尔兰国教牧师，本来在"一战"中他可以出任牧师，结果被选为了皇家爱尔兰步枪队的士兵（1915—1918年）。鲁斯在法国参战三年，获得上尉头衔，但是患上了弹震症[②]。1952年他从都柏林三一学院退休。1977年被一名仇视牧师的人刺伤，几日后身亡。20世纪20年代，即贝克特在三一学院读大学期间，鲁斯博士在那里工作。作为辅导老师，鲁斯的主要职责不是教书，而是向所辅导的学生提供建议。在知识传授方面也许别的教师对贝克特的影响要比鲁斯大得多，但是在思想方面，鲁斯博士研究的贝克莱的理想主义让当时的贝克特颇感兴趣。1937年贝克特申请开普敦大学的教职时，鲁斯博士是他的三位推荐人之

---

① 乔治·贝克莱（George Berkeley，1685—1753）是英国（爱尔兰）近代经验主义哲学家三代表之一。另两位是洛克（John Locke）和休谟（David Hume），贝克莱著有《视觉新论》（1709年）和《人类知识原理》（1710年）等。贝克莱提倡主观唯心主义，认为物质学说是哲学上的万恶之源，是唯物主义、怀疑主义和无神论的基石。

② 一种由士兵参加战争而引起的精神疾病。

一①。此外，鲁斯于1922年出版了一本关于亨利·柏格森②哲学的书，而贝克特受其影响，也曾写过关于伯格森哲学的文章。甚至连鲁斯那严谨独立、见解独到、刚毅坚韧、与众不同的个性也影响了贝克特。

大学在校期间，贝克特是个全面发展的学生。他爱好体育运动，擅长板球，据说他曾经是一名左手击球手和左臂中速投球手，并代表都柏林大学和北安普敦郡打过两场一级比赛，取得佳绩，成为了唯一一位被选入号称板球圣经的维斯登板球年鉴（Wisden Cricketers' Almanack）的诺贝尔奖得主。1926年6月，因其在语言方面的杰出表现，贝克特还荣获了现代语言方向的圣三一学院奖学金。同年8月，贝克特第一次到了法国，当时他还骑自行车沿卢瓦尔河谷漫游了一个月。第二年的4月到8月期间，贝克特游历了佛罗伦萨和威尼斯，在那里参观了博物馆、美术馆和教堂等地方。

1927年10月贝克特完成了四年的大学学业课程，以一等毕业生第一名的优异成绩获得了法语和意大利语现代文学学位。值得一提的是，那时所有的文科生都要学习除了自己专业之外的课程，比如数学、现代语言、科学等。所以贝克特就读的时候，大学要求所有考生都参加拉丁语、逻辑学、机械学等课程，另外还要有两门自选课程。当时的课程设置兼顾了传统学习和工程学、医药学等技能培养。因此，要想以优秀的成绩毕业并非易事。

毕业之后，从1928年1月开始，贝克特在贝尔法斯特的坎贝尔学院教授法语和英语。9月，贝克特第一次到了德国，到黑森州北部城市卡塞尔看望了他姑妈家的表妹佩吉·辛格莱（Peggy Sinclair）及其家人，佩吉当年只有17岁。贝克特对其表妹佩吉有着深厚的感情。从1928年起，贝克特连续四年的圣诞节都是在卡塞尔度过的。

---

① 参见 *Letters of Samuel Beckett*, v. I: 1929-1940, ed. Fehsenfeld and Overbeck [Cambridge University Press 2009], p. 523, letter dated July 29, 1937.

② 亨利·柏格森（Henri Bergson, 1859年—1941年），法国哲学家，文笔优美，思想富于吸引力，曾获诺贝尔文学奖。

因为才能出众，贝克特于 1928 年 12 月被选派去巴黎高等师范学校担任为期两年的交换讲师（语言助教）。在法国，贝克特结识了已经是意识流小说大师的同乡——詹姆斯·乔伊斯，开始了与乔伊斯长达十三年的友谊之路。

青年时代的贝克特喜欢哲学，对现代思潮很感兴趣。到了巴黎之后，贝克特很快就成了以詹姆斯·乔伊斯为核心的文学圈里的一员。他先是结识了同样来自爱尔兰三一学院的前任交换讲师托玛斯·麦格里韦，在其引荐下又结识了当时已大名鼎鼎的爱尔兰小说家詹姆斯·乔伊斯，并加入了以乔伊斯为中心，包括海明威、斯泰因、庞德等著名作家在内的文学圈。因为精通数国语言，贝克特后来被派作失明的乔伊斯的助手，负责整理《芬尼根的觉醒》①的手稿。

与乔伊斯的结识，使得他深受意识流文学的影响。他还专门为乔伊斯当时尚未定名的作品《芬尼根的觉醒》的系列评论撰写了一篇题为《但丁···布鲁诺·维柯··乔伊斯》的论文（英文原文名为 Dante...Bruno. Vico..Joyce），于 1929 年 6 月发表。同时期还发表了第一篇短篇小说《臆断》（Assumption）。1931 年贝克特又发表了论文《论普鲁斯特》（Proust）。

在他初次逗留巴黎的这段时间里，他的诗歌《腥象》（Whoroscope）②在一次由时光出版社（Hours Press）③赞助的以时间为主题的比赛中获得了最佳诗歌奖。这首诗作为贝克特独立发表的作品于 1930 年 8 月由比赛赞助商刊

---

① 又译《芬尼根的守灵夜》（Finnegans Wake），爱尔兰作家乔伊斯最后一部长篇小说，书名来自民歌《芬尼根的守尸礼》。

② 诗题 "Whoroscope" 一词是贝克特创造的，为 "whore"（婊子）+ "horoscope"（星象）拼合而成，所以有的译本译成 "婊子镜"（whore+-scope）。"腥象" 一词是复旦大学外文学院副教授海岸老师所译。

③ 该出版社由 Nancy Cunard 创设，手工印刷，限量出版，是当时伦敦最成功的小型出版社。塞缪尔·贝克特就是在这里第一次为世人所知。

发。该诗以笛卡尔[①]（René Descartes）的生活为背景，抒发了关于时间这一主题的独特思考。贝克特对笛卡尔研究十分着迷，受笛卡尔思想影响颇大。

1930 年 10 月，任教期满从巴黎回来的贝克特再次回到三一学院，开始了为期两年的法语讲师工作。1930 年 11 月，贝克特通过麦格里维，在都柏林结识了画家兼作家杰克·巴特勒·叶芝。

回到三一学院的贝克特开始专门钻研笛卡尔哲学，获得了哲学硕士学位。1931 年 12 月，贝克特再次去卡塞尔过圣诞。1932 年 1 月，他从卡塞尔发电报提出了辞职，许多人猜测或许是因为他并不喜欢枯燥的教书工作。辞职后的贝克特移居巴黎，专事创作，此后几年先后在法国、爱尔兰、英国和德国开始游历。1932 年的 2 月到 6 月，他创作了小说《梦中佳人至庸女》（英文 *Dream of Fair to Middling Women*）。这部小说是 1932 年夏天在巴黎沃日拉尔街的特里亚农旅馆完成的，当年他只有 26 岁，因屡次投稿被拒，直到 60 年以后贝克特去世后才得以出版。

1933 年，贝克特遭遇了人生中的灰暗时期。他的 27 岁生日刚过，其深爱的表妹佩吉·辛格莱就因肺结核在德国去世了。仅仅过了几周，贝克特的父亲也离世了。在突如其来的巨大打击下，这位伟大的作家不堪重负，不幸得了精神抑郁症。詹姆斯·诺尔桑（James Knowlson）在贝克特传记《去你的名声：萨缪尔·贝克特的一生》（*Damned to Fame:The Life of Samuel Beckett*）中提到贝克特与佩吉不仅仅是表兄妹的关系，也是爱人的关系，所以她的去世对贝克特打击甚大，成了他无法愈合的伤。接着，他亲眼目睹了他至爱的父亲心脏病发作，那段时间贝克特留在家里，悉心照顾父亲，给父亲剃须洁面，料理其生活起居。那时的贝克特内心非常痛苦，整日担心害怕

---

① 勒内·笛卡尔（Rene Descartes，1596 年 3 月 31 日—1650 年 2 月 11 日），法国著名哲学家、物理学家、数学家、神学家。二元论的代表，认为"我思故我在"，提出了"普遍怀疑"的主张，是欧洲近代哲学的奠基人之一，黑格尔称他为"近代哲学之父"。此外，他还是解析几何之父，近代科学始祖，逝世于瑞典。

又希望父亲尽快好起来。数周后的某天早上,他的父亲精神不错,感觉良好,医生说他身体状况已经有所好转。结果,当天下午,贝克特父亲的心脏病再次发作,最终夺走了他的生命。贝克特再一次目睹了疾病的残酷无情,深深感到了在疾病面前人的无能为力。父亲的去世在贝克特后来创作的略带自传色彩的《克拉普的最后一盘录音带》(*Krapp's Last Tape*)里有所暗示。贝克特的父亲在海边一处墓地入葬四个月后,贝克特创作了《回声之骨及其他沉积物》(*Echo's Bones and Other Precipitates*),也有人将其译为《应声骰子与其他掷物》,这部诗集共收录了贝克特创作的十三首诗歌,由巴黎欧罗巴出版社于 1935 年 12 月出版。

两位亲人的去世使贝克特患上了抑郁症。为了治疗抑郁症,贝克特去了英国伦敦寻医,在塔维斯托克诊所[①]接受心理分析治疗。次年 5 月贝克特在伦敦出版了作品《徒劳无益》(*More Pricks Than Kicks*)。1934 年 8 月到 9 月,贝克特给伦敦及都柏林的文学杂志投去几篇短篇小说和书评。那时,爱尔兰推行的严格苛刻的书籍检查法令,如贝克特的《梦中佳人至庸女》之类的作品是不可能通过审查在爱尔兰出版的。

1935 年,卡尔·荣格[②]在其 60 岁的时候,曾经在塔维斯托克诊所给大约二百名临床心理医师做了关于分析心理学的系列讲座。贝克特特意去聆听了他的讲座,期望这对自己的心理问题有所帮助。

1936 年心理治疗结束后贝克特回到了都柏林,9 月从爱尔兰赴德国,开始了为期近一年的游历,目睹了纳粹的崛起也看到了纳粹的威胁。1937 年 4 月到 8 月,他尝试以萨缪尔·约翰逊及圈内人士为人物,开始创作第一部戏剧。

---

① 伦敦一家知名诊所,英文为 The Tavistock Clinic。贝克特当时问诊的英国医生威尔弗雷德·拜昂所在的心理分析治疗中心。现为英国唯一一所为儿童和青少年服务的性别诊所。

② 荣格(Carl Gustav Jung,1875-1961),瑞士心理学家,是继弗洛伊德之后最有影响的精神分析学家。他曾与弗洛伊德合作过一段时间,后来创立了分析心理学,其原型理论、集体无意识理论、人格类型理论等对当代整个人文社会科学产生了极其深远的影响。

10 月，贝克特返回巴黎，继续从事写作。第二年开始贝克特正式定居巴黎。尽管并未获得法国国籍，但他的一生与巴黎结下了深深的不解之缘。

"一战"后"二战"前的巴黎是欧洲文化和艺术的中心。正是在这里，贝克特的思想日益成熟，写作达到了新的高度，尤其是"二战"以后；正是在这里，他远离了爱尔兰狭隘的民族主义，享受到了无拘无束的自由；正是在这里，他不断思考，最终在文学与哲学、民族与世界、生活与政治之间找到了最适合的位置。既有学术研究的才能，又有文学创作的禀赋，加上巴黎自由开放的文化氛围，让贝克特在追逐自己理想的道路上不断前行。

20 世纪 30 年代回到巴黎后的贝克特，与乔伊斯的关系越来越密切。但是，他并非像外界所传的那样担任乔伊斯的私人秘书，乔伊斯也不是贝克特的唯一赞助人。1938 年，英国历史学家、诗人、文艺批评家赫伯特·里德（Sir Herbert Read）帮助贝克特在伦敦一家出版商（Routledge）那里出版了他的第一本小说《莫菲》（*Murphy*），那些不太了解贝克特的人们惊奇地发现原来两年来贝克特都在积极参与法国复兴运动。

1939 年德国侵略波兰时，贝克特刚好在爱尔兰与母亲一起度假。旅居法国和欧洲其他国家期间，贝克特几乎每年都会回爱尔兰探望自己的母亲。当时，正在爱尔兰探亲休假的贝克特立刻返回了自己在巴黎的寓所，但是他作为一个来自第二次世界大战中立国爱尔兰的公民，起初拒绝卷入战争，打算保持中立。巴黎陷落后，贝克特和他的妻子苏珊（Suzanne Deschevaux-Dumesnil）于 1940 年 6 月随撤出人员逃往法国南部。但是德国人占领巴黎后不久，贝克特的态度很快有了转变，因为他被纳粹对待犹太人的残忍给激怒了，而这些犹太人中有很多是他的好朋友。当时，极端种族主义者希特勒仇视犹太人，对犹太人进行大肆屠杀。犹太人被迫在衣服上佩戴一个黄色的大卫星作为标志，每天都有许多犹太人被处死。贝克特觉得他再也不能袖手旁观了。1940 年 9 月，贝克特回到巴黎。同年末，他积极地加入了一个地下反纳粹的复兴组织，这个组织遍布法国各地，旨在搜集敌军动向。贝克特担任的任务是将以各种形式（烟盒、汽车票、旧信封等）传达到他这里的琐碎信息进行翻译及全面整理，编排到两页纸上，然后打出来，交给另一名跟他配合的工作人员，再由那位工作人员进行微缩拍摄，送往英国伦敦。对于这项工作，贝克特谦虚地说自己做的不过是不足称道的侦查工作。1942 年 8 月，该地下组织被出卖，80 多个成员仅有不到 20 人幸存了下来。贝克特的好友阿尔弗雷德·佩隆被捕，贝克特及妻子提前接到消息，在盖世太保 ① 的抓捕人员到来前半个小时逃了出去，这才幸免于难。说到贝克特的妻子，顺便提一下，两个人的相识是在 1928 年苏珊就读巴黎高师音乐系的时候，但此后很久彼此没有联系。1938 年 1 月的一个晚上，贝克特在巴黎的大街上被一个皮条客突如其来的一刀刺穿了肺部，后来苏珊去医院探望他，给了贝克特极的温暖和关怀，再后来他们彼此吸引，成为夫妻。

逃过盖世太保抓捕后的四个月里，贝克特及妻子苏珊冒着被认出、被逮捕、被处死或被关到纳粹集中营等危险，成功穿越了敌人占领的地区，逃到法国南部尚未被占领的普罗旺斯地区的鲁西隆（Rousillon）阿维尼翁（Avignon）后面高山上的一个村庄。在那里他们一直待到德国投降。在这里，贝克特坚持白天务农，夜晚写作，小说《瓦特》（Watt）就是在这期间写成的，背景设为贝克特在爱尔兰的家乡福克斯洛柯和都柏林郡周围。忙于小说的创作能够让贝克特暂时忘却由战争和德军占领而带来的烦恼，使他获得片刻的宁静。直到 1945 年这部小说才完成。

1944 年 8 月 24 日，巴黎解放。1945 年 3 月，贝克特荣获法国军功十字勋章。9 月"二战"结束后，贝克特立即回到爱尔兰看望自己的母亲，那时

---

① 盖世太保是德语"国家秘密警察"（Geheime Staats Polizei）的缩写 Gestapo 的音译。最初作为一个秘密警察组织成立，后来由党卫队控制，加入大量党卫队成员，实施屠杀镇压，成为纳粹对德国及对被占领国家进行控制的恐怖统治机构。

的他已经非常清瘦，以至于很多人都认不出他来。贝克特志愿加入了爱尔兰红十字会工作，担任仓库的管理员和译员。在红十字会工作了一段时间之后，贝克特又返回了法国，在诺曼底地区圣洛（Saint-Lo）的军医院做了一段时间的译员，然后重返巴黎，专职写作。

1946 年，贝克特在《现代》杂志上发表了短篇小说《续篇》，即之后的《结局》（*The End*）的上半部分，这是他的第一篇法语小说。1947 年初，他用法语创作了戏剧作品《自由》（*Eleutheria*），该作品在他逝世后出版。同年 4 月，法文版《莫菲》（*Murphy*）由巴黎博尔达出版社出版。1948 年贝克特又接受联合国教科文组织的大量翻译任务。

1950 年，母亲去世，贝克特回到爱尔兰处理母亲的后事。回到巴黎后两年，陆续有法文作品出版。贝克特的双语写作天分得到了很多编辑和出版商的认可和赏识。随着他的作品日渐出名，贝克特的经济状况也在逐步改善。他在巴黎东北方向四十英里的地方买了地，在当地人的帮助下建了一座乡村屋舍，帮忙的其中一个人就是体坛上著名的法国摔角手安德雷·雷尼·罗西莫夫的父亲。当时贝克特与安德雷·罗西莫夫①的父亲关系友好，俩人经常一起打牌。安德雷上学时因体形原因，乘坐校车极为不便，邻居贝克特就用自己的卡车开车送他去学校。据安德雷回忆，他在上学路上跟贝克特聊得最多的是板球。

1952 年法语版的《等待戈多》（英文名 *Waiting for Godot*）出版，第二年由罗歇·布兰导演在蒙巴纳斯的巴比伦剧院首演，获得成功。1954 年 9 月 13 日，英文版的《等待戈多》在纽约格罗夫出版社出版后的几天，贝克特的哥哥因肺癌去世。两年后，《等待戈多》在美国迈阿密首演。接着这个剧本又在英国出版。

1969 年，贝克特获得诺贝尔文学奖。在听闻自己获得了此项奖项后，

---

① 本名：Andre Rene Roussimoff（1946-1993），法国著名摔角手，既高大又壮实，1964 年初次登台，体坛重量级人物，1993 年因心脏病发去世。

贝克特的妻子苏珊认为这是一个灾难①。一个奖、一个作家、两种语言，而作家还是来自第三国。不愿为盛名所累的贝克特选择了马上躲到突尼斯的一个小山庄里去，那里刚好爆发了山洪，阻断了与外界的联系。但是后来机灵的新闻记者们还是找到了那个小山庄。在外界的劝说下，经过几天的思考，身不由己的贝克特最终决定接受这个奖项，但由于身体原因，他无法亲自前往斯德哥尔摩领奖。后来贝克特因参加《等待戈多》的首演式去过美国迈阿密，1975 年因导演该剧去过德国。除此之外，贝克特基本不太出国。有人说他过着现代隐士般的生活，只通过出版商和外界联系，不过贝克特的至交詹姆斯·诺尔森在贝克特传记里指出，这是大多数人对他的误解。在《贝克特肖像》②一书里作者是这样描述他的："他确实喜欢沉默、孤独和宁静，他知道，沉默和独处对他的写作是至关重要的，他最痛恨别人窥视自己的私生活。然而，当他身处都市时，形形色色的社交生活却让他应接不暇。事实上，他交友广泛，朋友和熟人足足有数百人，他们来自五湖四海，各行各业。"（詹姆斯：2006）他还提到，有很多人不顾舟车劳顿，争先恐后地到巴黎去见这位伟大的作家。如此种种，都说明他并非过着与世隔绝的生活。

从 1986 年开始，贝克特的身体每况愈下，令人忧虑，两年后他住进了疗养院。1989 年 7 月，贝克特的妻子苏珊离世，贝克特参加了她的葬礼。同年 12 月 22 日，贝克特去世，葬于巴黎城中心以南的蒙巴纳斯公墓③，享年 83 岁。北京语言大学外国语学院王雅华（2013，27）教授评价他说："贝克特的一

---

① 苏珊用了 catastrophe 一词来描述得知丈夫贝克特获得诺贝尔文学奖这一事件带给她的失落的复杂心情，参见 http://www.samuel-beckett.com/nobel-prize-samuel-beckett-1969.php

② 詹姆斯·诺尔森是贝克特 20 多年的至交，也是贝克特生前唯一指定的传记作家。文章参见 http://book.sohu.com/20060418/n242861803.shtml

③ 巴黎三大公墓之一，位于塞纳河左岸，圣日耳曼德佩广场南部的蒙帕纳斯区，属于巴黎十四区。这里是是许多法国文艺知识界精英的安葬之处。现实主义作家莫泊桑、诗人波德莱尔、汽车工程师雪铁龙、存在主义作家萨特等都葬于此。

生，从物质上看，极其简单、纯粹、本真；然而，他的精神生活却非常丰富，达到了极高的境界……他有着冷静的头脑、渊博的学识、非凡的想象力和崇高的精神追求，并且敢于为自己的理想去失败，去牺牲一切。"这位伟大的作家一生历经波折，曾经深受痛苦和绝望的困扰。贝克特是孤独的、悲凉的，但他的思维一直是国际的，他关注着全人类的苦恼。他经历了两次世界大战，以敏锐的观察力洞悉了人类从过去走向未来的恐惧以及人类生存状态的荒诞不经。他的作品就像是一面又一面的镜子，令人反思，也让世间的一切都无所遁形。

第二节 大师的作品

贝克特一生笔耕不辍，是个多才又多产的作家，写作风格独特。他的作品，不论是小说，还是戏剧，都是远离现实主义传统道路的。他力图触及智性与情感的中心，用犀利的笔触表现他对人类生命意义和价值的独特思考，揭示人类生存的荒诞及人性不屈的抗争，从而给人以灵魂上振奋的力量。瑞典学院常务理事卡尔·拉格纳·吉罗在1969年诺贝尔文学奖颁奖典礼上说："贝克特的作品发自近乎绝灭的天性，似已列举了全人类的不幸。而他凄如挽歌的语调中，回响着对受苦者的救赎和遇难灵魂的安慰。"[1]

这位大师一生的创作[2]大致可以被划分为三个阶段：早期（第二次世界大战之前）、中期（"二战"到1960年）、晚期（20世纪60年代以后）。

一、早期作品

贝克特早期的作品以小说成就较高。学生时代的贝克特就已经展现出了过人的语言天赋和写作能力。但是贝克特首次受到关注是在1929年。那是他

---

[1] 授奖辞见附录一。

[2] 贝克特的重要作品表参见附录二。

被交换到巴黎高师工作期间，他为詹姆斯·乔伊斯的《芬尼根的觉醒》的系列评论撰写了一篇论文《但丁•••布鲁诺·维柯••乔伊斯》，这篇论文的题目非常奇特，作家姓名之间用代表他们间隔的世纪数的圆点来隔开，贝克特的文学功底在这篇论文里略见一斑。贝克特的另一篇文论是关于法国小说家马塞尔·普鲁斯特（Marcel Proust）的，题为《论普鲁斯特》，发表于 1931年，当时贝克特只有 25 岁。这篇文论是他在巴黎用英文创作的，也是他在美学和认识论上的宣言，表现了年轻的贝克特对普鲁斯特的敬仰和钦佩之情。他旁征博引，对普鲁斯特意识、对时间与死亡的否定观、对记忆与习惯的关系、人与人之间彼此无法理解等观点的解读和阐释令人叹服。这篇文章对读者理解普鲁斯特卷帙浩繁的鸿篇巨制《追忆似水年华》（法语 A la recherche du temps perdu）[①] 有着一定的指导作用。

贝克特早期也有优秀的诗歌作品。1930 年，他以时间为主题，创作了诗歌《腥象》，在比赛中获得了最佳诗歌奖。该诗歌意象丰富，典故迭出，篇幅长，内容比较晦涩，是关于法国哲学家笛卡尔的。其诗稿现作为"利文撒尔文献"保存于美国得克萨斯大学。1931 年 8 月，贝克特在《都柏林杂志》（Dublin Magazine，1931 年 10—12 月刊）上发表了诗歌《晨曲》（Alba）[②]。

另一部关于诗歌的作品是 1935 年的《回声之骨及其他沉积物》，是一部诗集，收录了贝克特的 13 首脍炙人口的诗歌。其中第一首就是著名的《秃鹫》，尽管这首诗歌按照创作时间实际上是这里面最后完成的，但是贝克特把它放到了诗集的首篇。贝克特创作《秃鹫》时受到了德国诗人歌德（Johann Wolfgang Goethe, 1749—1832）的作品《哈尔茨山冬之旅》（Winter Journey Over the Harz Mountains）的启发，《哈尔茨山冬之旅》开篇也提到了秃鹫，

---

① 普鲁斯特运用意识流技巧创作的长篇巨著，20 世纪最重要的文学作品之一。英文翻译是 In Search of Lost Time.

② 阿拉巴是一种普罗旺斯行吟诗人的破晓歌，多描述情人清晨时的临别情景。一首诗人理想中的爱的吟诵。

诗人描绘到冬季翻越哈尔茨山，就像秃鹫在多云的早上扇动着轻盈的翅膀找寻猎物……而贝克特的描述篇幅要比前者短很多，只是用不含标点符号的六行诗句来展现意向和思想：

> 拖着饥饿掠过颅壳般的天空
>
> 掠过我天地般空旷的头颅
>
> 曲身下扑俯伏之徒
>
> 他们定能很快活下来行走
>
> 蒙受生灵不愿臣服的嘲弄
>
> 直到挨饿的天地沦为垃圾 ①

笛卡尔的哲学思想对贝克特的早期文学创作的影响继《腥象》之后，在此又一次体现出来，这首诗反映出一切存在于头颅中的意识，外界的物质都是假象。

除了诗歌集，贝克特早期还出版了首部短篇小说集《徒劳无益》（*More Pricks than Kicks*, 1934），其由《爱和忘》等十个短篇故事组成，以贝克特的第一个"反英雄"（Anti-hero）② 式人物舒阿（Belacqua Shuah）的轶事为内容，首篇为《但丁与龙虾》。这部小说集的主人公舒阿是一名学生，他对待感情问题十分轻率，也经历了失败的痛苦。贝克特描述了他的许多烦恼和痛苦，包括他研究但丁的作品，试图向喜欢的人求爱却以失败告终，在都柏林的大街上目睹了哥特式的恐怖事件，参加索然无味的聚会，忍受着自己不幸的婚姻，最终意外死亡。这些作品含有讽刺和诗意成分，同时反映出贝克

---

① 译文摘自 http://sanwen.net/a/mrhwfoo.html

② 反英雄（antihero or antiheroine）是与"英雄"相对应的一个概念，是电影、戏剧或小说中的一种角色类型。作者通过这类人物的命运变化对传统价值观念进行"证伪"，标志着个人主义思想的张扬、传统道德价值体系的衰微和人们对理想信念的质疑。

特在早期作品中的主题：在痛苦遭遇面前的困惑。

　　该书 1934 年出版之后，1966 年和 1967 年又有两次再版，贝克特获得诺贝尔文学奖之后的第二年，英国伦敦 Calder & Boyars 出版社又一次出版了该书，还特意发行了一部分精装珍藏签名版。

　　《莫菲》是贝克特的第一部长篇小说。贝克特本人对这部小说的写作比较满意，但是这部作品却被出版商拒绝了 42 次，因为他始终不肯按照出版商提出的要求将自己的作品进行修改。在贝克特的坚持下，这部作品后来终于在 1938 年出版问世。故事取材于作家在伦敦的生活经历，极具哲理韵味。贝克特以第三人称的语调叙述了一个从爱尔兰来到伦敦生活的青年莫菲的思想演变历程。莫菲是一个精神衰弱的唯我主义者的代表，他笃信占星术，向往精神自由，整日坐在摇椅里胡思乱想，思考诸如恋爱、精神与肉体的关系等哲学命题，不愿出门工作。后来，他的女友以分手对他进行威胁，他才地做出了妥协让步，到疯人院找了一份护工的工作。但是，从他迈进疯人院那一刻开始，他就感觉这正是他想要的工作，在他看来，疯人院里的病人看似疯癫，实际上都过着令人羡慕的畅快生活。由于莫菲对病人们有从心底油然而生的认同感，他与他们相处得非常融洽和谐。病人们对莫菲也十分信任和依赖，从他身上发现了以前的自我，而莫菲则从病人身上发现了今后的自我。他豁然开朗，失去女朋友又能怎样，在这里他才能找到真正被需要的自我存在感。后来莫菲遇见了自己的知己安东，一个精神分裂患者。莫菲自认为安东与自己惺惺相惜、心灵相通，他们聊天、下棋、一起打发日子。莫菲开始爱上安东，并准备用眼睫毛的扑闪在对方皮肤上"亲吻"，但是安东对此视而不见，这让莫菲异常伤心，他万念俱灰。在精神追求和现实社会发生矛盾冲突时，莫菲最终在肉体和精神绝对自由之间做出了抉择，从楼顶上结束了自己的生命，到达了极乐世界。J.C.C. 梅斯[①] 说："该书是出于困境意识写成的，那种

　　① 英文 J.C.C. Mays，文学史评论家。参见 https://book.douban.com/subject/10518851/

困境既是个人的，也是群体的：他半推半就地自诩为困境的主宰，这既是笑话，同时严肃地说来，也是这一首要困境的一个形象。"这是一部非常值得一读的作品，是贝克特小说实验的初次尝试和铺垫，尽管这部作品在形式上并无实验之风，但其中的荒诞、黑色幽默（Black Humor）、心理分析等写作风格为今后的小说立意和戏剧革新等文学实验打下了基础。

二、中期作品

贝克特的创作跨越了现代主义和后现代主义的重要年代。"二战"以后是贝克特发奋创作、成果集中的时期。《瓦特》是贝克特最后一部用英语写成的小说，在 1942 年到 1944 年期间创作，直到 1953 年才得以出版。该小说中描写了在诺特先生家做佣工的瓦特，因默默无闻而感到痛苦，他试图凭借非本质的属性来把握主人诺特先生的本质，他认为直接体验有一天必然会到来，与二楼的诺特先生之间接触的机会总会来到，结果直到他做工结束也没有与之产生直接接触。这部"二战"期间完成的不凡之作中运用了大段重复，被看作是贝克特文学生涯的转折点。

"二战"后贝克特返回巴黎，开始了斗室里备受煎熬的紧张创作阶段。1946 年 7 月贝克特开始创作他的第一部法语小说《梅西埃和卡米耶》（法语名 *Mercier et Camier*）。小说中的主人公梅西埃和他的朋友卡米耶相约好一起离开一座无名之市。因两人的旅行漫无目的、一再拖延，后又因彼此之间存在矛盾，相互猜疑，最终两人又分别回到了出发的城市。许多人把这部小说看一部承前启后的后现代主义作品，因为作品通篇没有关于故事背景的现实主义描述，故事情节跟戏剧家安东·契诃夫（Anton Chekhov）的《三姐妹》（*The Three Sisters*）有一定的相似之处，到最后，似乎没有进展，什么都没有发生。但这部后现代主义作品仍然是在作者转而创作戏剧之前唯一一部对话清晰、以第三人称叙述代替内心独白的作品。

从 1951 年到 1953 年，贝克特创作了彰显其文学才华的小说"三部曲"：《莫洛伊》《马龙之死》《无法称呼的人》，英译版直到 1956 年才完成。"三部曲"为贝克特赢得了盛名。第一部讲述流浪汉莫洛伊回忆起曾经骑车去看望母亲，受到警察的盘问拘留。第二天他又去寻母，结果从自行车上摔了下来，有只狗被他压死了，而他后来却与狗的主人同居了，之后又在森林里打死一位老人，自己滚进了沟里。第二部的叙述者叫莫朗，在老板的交代下同自己的儿子一起去寻找莫洛伊，结果路上两人发生争吵，儿子将他扔下。后来老板派人把他叫回去，一个月后他离家到处流浪。第三部则是讲一个名叫马龙，以写作为生的耄耋老人，他身体虚弱，生活已经不能自理，脑海中时不时地浮现一些回忆片段和幻象。跟但丁的《神曲》、乔伊斯的《阿拉比》（*Araby*）一样，贝克特的"三部曲"映射了文学作品中古老的追寻主题。它以看似现实主义色彩浓厚的莫洛伊寻母的故事为开端，从莫洛伊超现实主义的临终反思，以第三部作品中的无名氏脱离了身躯的头颅在幻觉世界里的灰色心理为结尾，以反传统、反逻辑的叙事方式揭示了语言困境与人的存在之间的关系，反映了人类的绝望和痛苦，指出了人类认知能力的局限性。在"三部曲"中，贝克特试图通过个人色彩浓厚的叙述，引导读者进入不可言说的纯主观格调中。

贝克特的小说创作在结构和形式上独树一帜，呈现环式结构。他喜欢以生活碎片来承载哲学思想，故事情节缺乏连贯性和整一性，在发展过程中不断被打结、被解构。后来贝克特在小说创作上到达了一种他自认为已近枯竭的瓶颈状态，转而另辟蹊径，将注意力投向戏剧创作，结果一举成名。1952年贝克特创作了名震文坛的两部悲喜剧《等待戈多》。剧本描写了两个衣衫褴褛的人物弗拉季米尔和埃斯特拉冈在一条乡间小路上苦苦等待一个一直没有到来的名叫戈多的人。尽管一次又一次地失望，他们还是在那里苦苦守候着那若有若无的希望，而戈多自始至终没有出现。许多读者把戈多解读为上帝，因为 Godot 是由 God 加上常见的法语后缀 ot 组成的，就像《马龙之死》的英文名 *Malone Dies* 里面 Malone 一词暗指"Man- alone"一样，不过贝克特本人曾经澄清说连他自己也不知道戈多是谁，如果他知道的话，就不会写出《等待戈多》这部作品来了。《等待戈多》是一部表现人生荒谬却包含悲剧内涵的作品，它采用荒诞滑稽的喜剧形式表现了悲剧的实质。作品揭示的人的尴尬、异化的生存境遇，具有深邃的反抗和超越荒诞的意味。

　　贝克特的戏剧作品跟小说作品一样，缺乏传统戏剧作品中引人入胜的情节，语言的运用也与众不同。继《等待戈多》之后，贝克特又以类似的实验手法创作了戏剧《终局》（*Endgame*）。这部戏剧是贝克特本人最钟爱的作品，但是当年演出后却是遭受冷遇较多的一部作品。这部作品1956年定稿，1957年在伦敦用法语首次上演。剧本中只有四个人物，都被放在同一个狭小封闭的房间里。一个站不起来，依靠轮椅进行简单的移动，一个一直站着，坐不下去。另外一对人物在垃圾桶里根本动不了。他们之间彼此依赖，也彼此厌烦，想沟通却无法沟通，想分开也无法分开。这部作品体现了人们在被束缚和被禁锢状态下的绝望无助与内心的孤独，体现了强烈的存在主义诗学意旨。

　　在贝克特写作的中期阶段，他还用法语创作了《无所谓的文本》（法语标题 *Textes pour rien*）。共有十三篇，标题暗喻乐团指挥对着寂静起拍。在这之前，贝克特被一种无力的僵局所控制，这之后，他从中走了出来。这些作品跟《被驱逐的人》《镇静剂》《结局》一起于1955年以《故事和无意义的片段》为题结集出版。在《无所谓的文本》中，贝克特说："然后这过去了，一切过去了，我又远了，我又有一个远远的故事，我在远处等自己，为了开始我的故事，为了结束我的故事，这个声音又不会是我的声音了……如果我可以去，那就是我会去的地方，如果我可以存在，那就是我要成为的人。"[①]

　　1958年，贝克特创作了独幕剧《克拉普的最后一盘录音带》（*Krapp's Last Tape*）。这是他专门为北爱尔兰演员帕特里克·马基（Patrick Magee）[②]

---

① 引文参见 http://www.lofter.com/tag/。

② 帕特里克·马基（1922-1982），本名 Patrick Joseph Gerard Magee，北爱尔兰演员，

所写的戏剧，于 1958 年 10 月在英国伦敦皇家宫廷剧院（Royal Court Theatre）[①] 上演。在这之前的十三年里，贝克特基本都是在用法语进行创作，但当他听说马基在阅读自己的作品时，就专门用英语创作了该剧。戏剧呈现的唯一人物是克拉普，他在自己 69 岁生日时，独自端坐，聆听一盘他在 39 岁时亲自录制的录音带，回忆他过去三十年的人生。

1960 年之前这段时间，贝克特还创作了几个广播剧。从 1956 年开始，英国广播公司第三套节目 [②] 就开始跟贝克特约稿，希望他能为广播公司创作几个广播剧。贝克特立刻对广播这种媒介方式产生了兴趣。他很快创作了《所有倒下的人》（*All That falls*）。该剧于 1957 年在英国播出。后来贝克特又创作了广播剧《余烬》（*Embers*）。

三、后期作品

《贝克特肖像》一书的作者詹姆斯（2006：63）曾在书中提到，当谈及自己的晚期作品时，贝克特曾经说："年少无知，人老又不中用，而其间的这段时间又全花在了对知识的不断追求上，但这是毫无意义的，因为这就是一条抛物线。但是，我从孩提时代起就一直希望有朝一日等我老的时候，我可以从纷繁复杂的存在中找到事物的本质。"

在继《等待戈多》和《终局》之后，贝克特又创作了风格相似的两幕戏剧《啊，美好的日子》。该剧围绕一对老年夫妻温妮（Wennie）和维利（Willie）展开。戏剧开始，温妮半身被埋在一个土丘里，而她却像是刚从睡梦中醒来，打开面前的小包，取出洗漱用品，开始新的一天。维利也是半截身子被埋在土丘里，在她的不远处翻看报纸，温妮愉快地说："啊，多么美好的一天啊！"第二幕的时候，土丘已经埋到了温妮的脖子处，她依然愉快地说："啊，又是美好的一天！"戏剧真实地呈现出了人们的生存状态：残酷、荒诞、痛苦、

---

① 英国伦敦艺术剧场的旗帜，始建于 1888 年，英国当代戏剧两次新浪潮运动的发源地。

② 1946 年 9 月 29 日开始首播，后成为英国知识文化传播的引领者。

麻木、机械式的习惯。本书第五章有对该剧的详细解读，此处不再冗述。

为追求非语言化的文学样式，贝克特在 1957 年创作了作品双人哑剧《默剧 I》之后，又于 1963 年创作了单人哑剧《默剧 II》。作为《终局》的后续，这两部作品消解了语言对人的感悟造成误导的可能，以独特的形式表达了外部世界对人的影响及人类内心世界的虚无与绝望。在第一部默剧中，一个深陷沙漠中的男子通过两边传来的哨声，对树、方块、瓶子等物体的出现或消失产生反应，直至后来精疲力竭、无动于衷，不再对外部世界的变化有任何反应。在第二部默剧中，两个人被置于同一平台两端的两个袋子里，由外界的一根刺棒对袋子进行轮流刺激，袋中的两人便轮流钻出来，做一些动作。贝克特的极简主义创作原则在这两部作品中得到了很好的体现。

除了极简风格，贝克特后期的作品也普遍远离逻辑中心，呈现一种人类生存的悲凉景象。1976 年格罗夫出版社出版了贝克特的《功败垂成》（*Fizzles*）及《作品散编：戏剧篇》。1983 年在纽约上演了由艾兰·史奈德执导的三出短剧《俄亥俄州即兴》（*Ohio Impromptu*, 1981 年）、《灾难》（*Catastrophe*, 1982 年）和《什么·哪里》（*What Where*, 1983 年），三个短剧于 1984 年结集出版。

根据詹姆斯的记载，1983 年贝克特在给朋友的信中提到他对语言表述的无能为力及他感受到的从未有过的无聊和空虚，他说："我记得在卡夫卡的日记中有这样一句话：'种种花吧。未来已经没有希望。'至少他还可以种种花。我想他还是有东西可写的。而我却连一点灵感都找不到了。"（詹姆斯，2006：7）话虽如此，这位伟大的作家还是笔耕不辍，直至最后。

纵观贝克特创作的三个阶段，进入三一学院，交换到巴黎教书，再回到都柏林三一学院开始学术生涯，早期的贝克特既有美好的童年，也经历了人生的灰暗；第二次世界大战期间，他参加抵抗运动，经历过逃亡的生活，并于战后迎来创作的高峰期；1960 年之后的贝克特在戏剧文学创作上已经相当成熟和成功，转而将注意力放在更广阔的视角上，努力找寻戏剧实验形式的多元化和新颖化，以独特的表现形式把真实的震撼带给读者和观众。

这位伟大的作家，以其非凡的艺术和崇高的精神为 20 世纪的后现代文学开辟了一条广阔大道。

第二章 国内外贝克特研究综述

迈尔文·弗里德曼（Melvin Friedman），一位著名的贝克特研究学者，曾经说："对贝克特文学作品的批评研究已经如此众多，达到了令人难以置信的程度，以至于任何关于贝克特本人生平或作品的综述都将至少落后十年。"（Friedman 3）这说明了国际上对贝克特本人及其作品研究的发展速度之快，也体现了贝克特对世界文坛的巨大影响，即使这位大师已经逝世多年，其对文学的，尤其是戏剧的影响却从未减弱。相反，他的思想和作品影响了一代又一代的作家。

第一节 有关贝克特个人的研究

西方有数本关于贝克特个人研究的传记。最早的一本是由擅长写名人传记的狄德蕾·贝尔（Deirdre Bair）所写的《贝克特传记》，于 1978 年出版，她也为荣格写过传记。这部传记长达 736 页。贝尔从宾夕法尼亚大学（University of Pennsylvania）获得了文学学士学位，曾经在报社和杂志社担任过新闻记者，后又重新回到校园，在哥伦比亚大学（Columbia University）攻读硕士和博士学位。她居住在康涅狄格州，曾在三一学院（康涅狄格州）和耶鲁大学执教，后在宾夕法尼亚大学英语系任教。贝尔擅长游记、女性问题及文化问题的写作。这本有关贝克特的传记使贝尔获得了国家图书奖（The National Book Award）。她的另外两部关于西蒙·德·波伏娃（Simone de Beauvoir）[①] 和卡

[①] 西蒙·德·波伏娃（Simone de Beauvoir，1908 年 1 月 9 日 -1986 年 4 月 14 日）。法国存在主义作家，毕业于巴黎高等师范学院，女权运动的创始人之一。

尔·荣格的传记使她获得了洛杉矶时报图书奖（The Los Angeles Times Book Prize）。其中关于西蒙·德·波伏娃的书还被《纽约时报》评为了年度最佳畅销书。

1971 年，当贝尔还在寻找自己的论文方向时，曾经给贝克特写了一封信，询问他是否可以以撰写贝克特人物传记作为自己的研究论文，贝克特回信表示如果她要写传记，自己不授权也不反对，不打算帮助她，但是也不会阻止她。当然，后来事实证明，贝克特还是给了她一些帮助。这本传记涵盖了从贝克特出生一直到 1973 年的生活经历，叙述详细、结构完整、启发性强。

后来，跟贝克特交往长达二十多年之久的朋友兼指定传记作家詹姆斯·诺尔森撰写了另一本非常重要的贝克特传记作品《去他的名声：塞缪尔·贝克特传》，于 1996 年出版。这本传记内容更加全面，叙述范围涵盖了贝克特的一生，超越了贝尔写的传记。但贝尔的书仍然值得一读。贝尔跟贝克特并无私交，这一点对她的写作有劣势，但一定程度上也有优势。也许有些关于贝克特的事情贝尔不能轻易获知，但同时她有更多的话语自由，可以随意表述或许以朋友身份不便表述的观点。

在《贝克特传记》一书中，贝尔讲述了贝克特在都柏林的童年时光、在巴黎的早期生活以及与乔伊斯的复杂关系，贝克特写给托马斯（Thomas McGreevy）的三百多封书信及信里反映出的痛苦心理，描述了贝克特鲜为人知的在法国参加地下抵抗组织的经历，还有"二战"后闭门创作的那段特殊日子。就是在"二战"后这段时间，贝克特创作了令他闻名世界的作品。最后，书中讲述了贝克特作品在剧院的演出以及这位剧作家如何努力保护自己的隐私，使自己的生活不为名声所累。

贝尔认为贝克特的母亲对贝克特的成长产生的重要作用不容忽视。贝克特的母亲出身贵族豪门，非常疼爱她的孩子，但是在教育上却十分严厉冷酷，又略带神经质，她给贝克特从小灌输新教宗教信仰，按照传统大家贵族的教育方式来要求贝克特，注重礼仪的学习，决心把贝克特塑造成都柏林中上流社会的典型少年。只要贝克特没有按她的要求做，母亲就会非常不悦。贝克特对此感到十分痛苦，从小就产生了叛逆心理，他认为自己的童年是一种折磨，他并不快乐。如果贝克特的母亲跟其他母亲一样能较好地平衡爱与严厉的问题，能更敏感地注意到孩子从小就有的美学天赋的话，也许贝克特就会跟普通儿童一样过着幸福的童年生活，不过要是那样的话，也许贝克特就不会成长为 20 世纪对人类的本性最具洞察力的伟大作家了。

贝尔还分析了贝克特作品里的自传因素，他与出版商、演员、导演及朋友们之间的关系，她把诺贝尔文学奖获得者贝克特描述成一位痛苦的诗人，一位谜一般高深莫测的艺术家。

贝克特之前对贝尔说在这部传记出版之前，他不会去阅读。他在给朋友的信里写道："我确信贝尔是位严谨的学者，她能把这本书写好。所以我既不会帮忙也不会阻碍。"[①] 正如贝克特所言，贝尔确实是一位严谨的学者，为了获取更多的信息，她约见了许多相关的人士，花了数年的时间跑遍了爱尔兰、英国、法国、意大利、西班牙、加拿大及美国，就这一课题进行研究，最终写出了这部众所期待的好书。

根据贝尔的讲述，贝克特所遭受的精神折磨和痛苦既可怕又引人探索。她尽可能客观地将这些心理痛苦记录了下来，包括贝克特对母亲爱恨交加的复杂情感。作为一名研究生，在对贝克特作品的分析方面，不论是在广度、深度，还是细节上，那时的贝尔与已经是教授的诺尔森先生相比还是稍显逊色的。有些细节的描述也没有那么准确，但是她的写作态度非常诚恳。

除了文字传记，值得一提的是 1989 年艾诺克·布拉特（Enoch Brater）写的《为什么是贝克特》（*Why Beckett*）一书出版，这是一本画报形式的传记，有一百多张黑白稀世照片，附有一些简短评论和引言。

---

① 英文原文见 http://www.goodreads.com/book/show/54038.Samuel_Beckett，笔者自译。

第二部重要文字传记是前面提及的，由贝克特的好友詹姆斯·诺尔森写的《去他的名声：塞缪尔·贝克特的一生》，出版于1996年。这本书从1906年贝克特出生写起，一直记录到1989年他去世，向人们呈现了文学巨匠光芒后的真实的贝克特。这本书首次印刷数量为三万册。书中不乏作者获取的关于贝克特的鲜为人知的轶事的第一手资料，以及对贝克特作品见解独到的阐释。

詹姆斯·诺尔森是贝克特在自己的晚年（离贝克特去世不足一年的时候）指定的传记撰写者，因为贝克特认为诺尔森是最了解自己作品的人，贝克特还表示希望传记在他去世之后再出版。作为贝克特研究的领军人物，诺尔森以他与贝克特二十多年的交情、多达一百多次的会面以及大量的相关文献研究为基础，为这位20世纪的伟大作家写了一部令人称道的传记作品。

诺尔森在书中描述了贝克特在巴黎的创作艰辛，1936—1937年纳粹组织壮大期间贝克特在德国的经历、"二战"期间在法国参加的抵抗运动，以及在《等待戈多》成功之后获得的名声和财富。诺尔森还专门介绍了贝克特在巴黎期间与之接触频繁的作家和画家们，记述了爱尔兰作家乔伊斯如何成为他的朋友和导师，启发他的文学志趣，影响他立志以写作为生。书中也记载了对贝克特的人生有重要影响的几位女性：他的母亲、英年早逝的表妹佩吉、在诗歌和散文里多次提及的恋人艾德娜·麦卡锡（Ethna McCarthy）、现代艺术博物馆的美国女继承人佩姬·古根海姆（Peggy Guggenheim）以及他坚强独立的妻子苏珊。

诺尔森在书中描写了许多作家先前不为人知的故事，包括他如何为争取人权及其他政治原因而斗争，分析了他作品创作的根源。诺尔森还指出了贝克特的后现代主义作品受到了意大利文艺复兴早期画家安托内罗（Antonello da Messina），德国艺术大师阿尔布雷特·丢勒（Durer），荷兰画家伦勃朗·梵·莱茵（Rembrandt），以及意大利画家米开朗基罗·梅里西·德·卡拉瓦乔（Caravaggio）等大师的启发。在此基础上，贝克特舍弃传统，大胆创新，以高超的写作技法留下了许多杰出作品。

第三本贝克特传记是安东尼·克罗宁（Anthony Cronin）的《塞缪尔·贝克特：最后一个现代派》（*Samuel Beckett: The Last Modernist*），最早出版于 1996 年，全书有六百多页，于 1999 年再版。在肯定贝克特的巨大文学成就的同时，克罗宁揭开了贝克特的神秘面罩，如实刻画了贝克特的人生，并说明贝克特是个普通人，他也经常犯错。克罗宁描绘了贝克特如何从一名喜爱运动的小男孩成长为三一学院的奖学金生，又如何在巴黎加入先锋派文学创作团体，成为乔伊斯的亲密朋友。克罗宁说贝克特的性格是复杂的，体现在文学表达方式问题上亦是如此。克罗宁还在传记里叙述了贝克特在德国小镇卡塞尔与他表妹的情感纠葛、他在"二战"时期参与的反抗斗争活动以及在法国南部逃难的经历。这些经历都促使贝克特开始进行自我探索，对他的作品创作产生了深远的影响。后来，贝克特一举成名，人们开始觉得这位诺贝尔奖获得者是位极其神秘的人物，并且对他形成了刻板印象——庄严、圣洁、神秘。克罗宁在本书中对此进行了澄清，其客观描述完全没有虚伪偏见和道德教化，让大家更加清楚地了解了贝克特。

诺尔森和克罗宁的描写都是建立在对贝克特日常生活资料进行细致筛选整合的基础上，对之前人们对贝克特的刻板印象和误解进行了澄清。在这两本关于贝克特的传记出版的同时，路易斯·戈登（Lois Gordon）通过耶鲁大学出版社出版了一本《塞缪尔·贝克特的世界》（*The World of Samuel Beckett: 1906—1946*），在这本书里，戈登把贝克特描绘成一个乐观主义者，这一点跟诺尔森和克罗宁截然不同，也在评论界引发了不少争议。

2006 年贝克特诞辰 100 周年之际，为了怀念这位伟大的作家，上海人民出版社出版了 2003 年由诺尔森与约翰·海恩斯（John Haynes）合作完成的《贝克特肖像》（*Images of Beckett*），中文译本由王绍祥翻译。此书由两部分组成：约翰·海恩斯多年来潜心积累、独家仅有、鲜为人知的 75 张贝克特剧照及诺尔森新近撰写的三篇文章。这三篇文章分别是《贝克特肖像》《贝克特的舞台形象》《贝克特的导演生涯》。诺尔森在本书的序言里提到：20 世纪 70 年代，贝克特在伦敦皇家宫廷剧院执导自己的剧作时，海恩斯在那里担任专职摄影师，所以有幸在现场一睹大师的风采。诺尔森除了《去他的名声：塞缪尔·贝克特的一生》这本传记之外，还编著有十余部专著和贝克特文集，他一直很欣赏约翰·海恩斯拍摄的贝克特的肖像及剧照。后来两人在雷丁大学有幸会面，海恩斯在那里举办了一场以《舞台上的塞缪尔·贝克特》为题的摄影作品展，激发了诺尔森教授与其合作出书的想法，于是有了后来图文并茂的《贝克特肖像》。

在《贝克特肖像》中，诺尔森澄清了常见的对贝克特的几个误解。比如，很多人以为贝克特是个现代隐士，过着与世隔绝的生活。诺尔森说贝克特确实喜欢安静，但是他也参加形形色色的社交生活、广交朋友、热情回复书信，甚至还接待不速之客。再比如，大家普遍认为贝克特沉默寡言、难以相处。诺尔森说这也是一个误解，其实贝克特十分乐于助人、乐于与他人合作。对贝克特的第三个误解就是很多人以为贝克特是一个彻头彻尾的痛苦主义者和悲观主义者。诺尔森否认了这一说法，但同时指出贝克特绝不是乐观的，他时而严肃、时而诙谐、时而忧郁，但具有不屈不挠的精神。诺尔森还在书中回忆了贝克特的运动爱好、他和贝克特之间的一些对话和交往片段及贝克特对自己作品的看法。诺尔森认为贝克特的信件充满了睿智，反映了他对待生活的态度。战争的磨炼和早期的心理治疗使贝克特渐渐摒弃了年轻时的张狂和自我陶醉的心态。从"二战"期间参加的抵抗组织及战后他在红十字会工作时周围的人对他的评价可以看出，贝克特与人们刻板印象里的形象并不一致。此外，诺尔森还强调了贝克特对艺术，尤其是绘画的浓厚兴趣对他戏剧创作和戏剧导演的重要影响，指出贝克特会将绘画中比较富有表现力的元素运用到戏剧中去，以取得更佳的舞台效果。

第二节 有关贝克特作品的研究

贝克特在自己的创作过程中一直保持着求新求变的态度，其作品既有别具一格的形式又不乏深刻的内涵。他对人们生活本真的揭露、对生命本质的去符号化展现以及对人类生存状态的描述都达到了极致。许多观众和读者认为贝克特的作品主题深奥、晦涩难懂，因此，激起了国内外学术界和文学评论界的学者源源不断的研究和解读。对贝克特作品的研究从未终止，而且发展得越来越成熟和系统化。

一、国外对贝克特作品的研究

贝克特去世之前，国际上曾有人评论说：阿根廷诗人、小说家、散文家兼翻译家豪尔赫·路易斯·博尔赫斯（Jorge Luis Borges，1899—1986），美籍俄裔作家弗拉基米尔·纳博科夫（Vladimir Vladimirovich Nabokov，1899—1977）以及贝克特是存世的三位最伟大的作家。从某种意义上看，后两位作家在创作上有个共同之处，那就是不局限于使用母语进行创作。脱离母语为这两位处于困境的作家提供了一个极端的治愈之道，不同的语言给他们的创作带来了不同的表达方式和新的方向。其中贝克特尤为典型。他出生于爱尔兰，长期旅居巴黎，用英法两种语言创作，加上他的国际化的视野和立足全人类生存境况的戏剧创作主题，使他成为全球关注的戏剧大师。他的戏剧作品也在全球各个国家以不同的语言不断上演，在国际上他被公认为是战后最具影响力的欧洲作家。这也为国际上对不同文化背景下的贝克特及其作品研究打下了基础。

其实，在贝克特的小说"三部曲"之前，贝克特的受关注度并不高，关于他的评论也很少。如果提到贝克特研究的早期阶段，即大致从 20 世纪 50 年代到 80 年代，这个时期不可忽视的一个重要评论家就是《荒诞派戏剧》（The

Theatre of the Absurd）的作者马丁·艾斯林（Martin Esslin）。继《荒诞派戏剧》之后，艾斯林于 1965 年出版了《塞缪尔·贝克特：批评文集》（Samuel Beckett: A Collection of Critical Essays）。1962 年，有两本关于贝克特作品的评论著作问世，一本是弗雷德里克·霍夫曼（Frederick J. Hoffman）的《塞缪尔·贝克特：自我的语言》（Samuel Beckett: The Language of Self），另一本是卢比·科恩（Ruby Cohn）的《塞缪尔·贝克特：喜剧全览》（Samuel Beckett: The Comic Gamut）。前一部评论里，作者将贝克特置于笛卡尔思想的传统中，来说明贝克特作品中的创作思想及反映出来的世界观。后一部作品同样体现了存在主义在贝克特作品里的突出地位和重要影响，但作者同时提出要关注贝克特作品中的具体艺术形式和语言特色。科恩认为贝克特在创作时，不论是小说也好，戏剧也罢，他总是不断地对文学作品的形式进行解构和消解，对文学作品中的人物在肯定的同时又提出疑问。科恩认为，这正是贝克特对人生生存意义的一种质疑、考问和探求。

约翰·福莱彻（John Fletcher）也是一位重要的早期贝克特批评家，他于 1967 年出版《塞缪尔·贝克特的艺术》（Samuel Beckett's Art），1970 年与雷蒙德·费德曼（Raymond Federman）合作出版了《塞缪尔·贝克特：作品及其评论》（Samuel Beckett: His Work and His Critics）。两年后又出版了《贝克特的戏剧研究》（Beckett: A Study of his Plays）。

自从贝克特获得诺贝尔文学奖，其文学声望高度提升，国外许多学者掀起了贝克特的研究热潮。著名的贝克特评论家约翰·皮林（John Pilling）就写过许多本关于贝克特本人及其作品研究的书籍。1973 年皮林在伦敦出版了《塞缪尔·贝克特》。1973 年普林斯顿大学出版社出版了科恩的一部专著《回归贝克特》（Back to Beckett）。1975 年科恩再次针对贝克特作品批评出版了《塞缪尔·贝克特：评论集》（Samuel Beckett: A Collection of Criticism）。

这段时期贝克特研究的首要特点是，从研究作品的数量上来看，对其戏剧的关注度远远超过对小说和作者早期诗歌等其他形式的文学作品的研究。贝克特作为现代主义向后现代主义过渡的关键人物和 20 世纪荒诞派戏剧的实验先锋，备受文学界学者的瞩目和敬仰。

第二个特点是注重对贝克特作品的哲学研究。许多评论家将贝克特作品里体现的哲学思想进行分析，尤其与法国存在主义联系在一起。许多评论家受马丁·艾斯林和卢比·科恩的影响，过多地注重哲学思想在贝克特作品里的体现，而忽视了作品本身的文学价值和语言特征。这导致了存在主义研究范式长期占据主流地位，影响了贝克特作品研究的多元化发展。

第二个时期是从 20 世纪 80 年代末至今。这一时期现代主义和后现代主义文学论证增加，关于贝克特作品研究的著作不断涌现，可谓汗牛充栋。80 年代贝克特批评已经开始逐渐呈现多元化分散化研究的特点。这一时期的评论有的注重贝克特作品的结构，有的着眼于其极简主义的语言风格，还有的开始关注贝克特的沉默艺术。当然，80 年代关于贝克特的研究仍然有存在主义影响的痕迹，比如尤金·基林的《不幸的意识：塞缪尔·贝克特的诗性困境》，探究了黑格尔、笛卡尔等对贝克特创作思想的影响。1984 年出版的《塞缪尔·贝克特及其存在的意义：存在论语言的研究》从存在主义哲学角度对贝克特作品进行了解读。但是这之后的评论开始打破了哲学思想这个领域，开辟了更加广阔的天地。1989 年，艾斯林在中美洲戏剧大会上做了一场题为"谁害怕贝克特"的演讲，将贝克特跟莎士比亚放到同等重要的伟大作家地位，对贝克特的作品赞许有加，认为其作品自成一派，无法简单地用我们通常所说的高雅或通俗来界定。有些学者认为艾斯林的讲话和评论有修正自己之前观点的感觉。不论是否如此，有一点是可以肯定，那就是评论家们对贝克特的作品研究和看待视角不再过多固定在某一点上了，新的研究方向和研究角度不断出现。

90 年代的评论家开始从比较文学角度关注贝克特作品的政治风格、叙事手法及作品的现代主义、后现代主义风格。安东尼·克罗尼（Anthony Cronin）的《塞缪尔·贝克特：最后一个现代派》（*Samuel Beckett: The Last Modernist*）就是代表作品之一。

20 世纪末的评论家还对贝克特的爱尔兰身份及作品中体现的爱尔兰语境产生了兴趣，例如 1995 年由玛丽·勇克（Mary Junker）所写的《贝克特：爱尔兰因素》（*Beckett: The Irish Dimension*）一书，就对贝克特作品里的爱尔兰因素进行了专门研究。

到了 21 世纪，尤其是 2006 年贝克特诞生 100 周年之后，贝克特再次引起国际文学评论界的重视，新的研究专著和评论作品层出不穷。2006 年，批评文集《贝克特之后的贝克特》以及诺森夫妇的《贝克特的回忆与回忆贝克特》出版。2007 年，格利雷·赫伦（Graley Herren）通过麦克米兰出版社出版了一本关于贝克特戏剧在电影电视等媒介上传播的书籍，这本书是该研究领域的首本专著。书中对贝克特每一部为荧幕创作、改编或导演的戏剧都做了细致的分析，并专门研究了贝克特对"记忆"技巧的运用，探讨如何通过技术媒体引入关于对过去的某个人、某种文化、某个哲学理念或某种艺术的记忆。

同年，比斯柏斯（Khaled Besbes）出版了一本关于贝克特戏剧作品研究的专著，抛开了传统的"荒诞戏剧"研究视角，而是从语言符号学和文化符号学角度来研究，探究作者思想形成与文化环境的关系。2011 年，斯蒂沃特（P. Stewart）出版了一部著作，从性和美学角度入手研究贝克特作品。还有学者对贝克特的作品进行生态主义解读等等。

另外，研究贝克特绝不能忽视的就是剑桥系列丛书。法语剑桥丛书的《贝克特小说：不同的语言》（*Beckett's Fiction: In Different Words*），对从《莫菲》到《更糟》（*Worstward, Ho*）的贝克特小说进行了全新研究和阐释。在这本书里，作者提出贝克特并非想在小说里表达某种观点，相反，贝克特表达的是迷茫和不确定性，他的双语写作、他的文学形式实验以及对身体和性的观点都是这一表达过程的研究依据。也因为如此，原本有意义的语言随时可能陷入无可言表的状态和不确定性之中。这本书对研究贝克特的小说、翻译、实验性创作、现代主义及语言碎片化等问题均有指导意义。

剑桥文学名家研习系列里由约翰·皮林及后来由德克·凡·哈尔主编的两个版本的《塞缪尔·贝克特剑桥指南》涵盖了贝克特的生平、戏剧、小说及贝克特文学批评等方面的内容，收录了许多著名评论家及学者关于贝克特研究的成果，从理论研究到舞台表演、从双语写作到互文性、从历史哲学到伦理精神，涉及贝克特研究的方方面面。其中皮林主编的版本里收录了欧美当代著名学者的十几篇论文，分别从不同角度对贝克特作品的特色进行了精辟的评析，包括其小说创作的风格、戏剧中的"死亡"主题、贝克特哲学思想的来源及贝克特对自己剧作的导演构想等，极具参考价值。

除了论文和著作，国际上还有关于贝克特研究的期刊发行。《贝克特研究期刊》（ *The Journal of Beckett Studies* ）已经成为近四十年来贝克特研究的记录刊物，该刊不但允许匿名评论，而且被认为是高水平的国际学术期刊。创立该刊物的正是著名的贝克特传记作家詹姆斯·诺尔森及贝克特评论家约翰·皮林。该刊物创立于 1976 年，每年发行两期，直到 1984 年中止。另一位熟悉贝克特并与贝克特共过事的著名评论家斯坦利·冈特斯基（ Stanley Gontarski ）于 1992 年创办了第二系列的贝克特研究刊物，并担任该刊物的主编，直到 2008 年。斯坦利专注于 20 世纪的爱尔兰作家研究，他曾通过爱丁堡大学出版社出版 Other Becketts 系列丛书，并于 2016 年出版了《贝克特后期现代主义论文集》（ *Beckett Matters: Essays on Beckett's Late Modernism* ）。目前《贝克特研究期刊》由爱丁堡大学出版社主办，斯坦利本人仍担任名誉编辑。从 2013 年开始，该刊由雷丁大学（University of Reading）的马克·尼克松（ Mark Nixon ）及比利时安特卫普大学（ Antwerp University ）的德克·凡·哈尔（ Dirk Van Hulle ）担任主编。

当然，上述这些专著和刊物只是贝克特研究的冰山一角，随着新的研究视角的不断出现，贝克特研究相关作品将层出不穷。研究进入新时期，趋向于成熟化、多元化和系统化。

二、国内对贝克特作品的研究

我国对贝克特作品的研究可以大致分为两个大的时期：20世纪下半叶和21世纪。自20世纪60年代起，国内著名的外语教学与研究出版社就曾经组织过来自国内众多高等院校的英美文学领域的专家们编写了一本《当代英国小说导读》，里面第二章中详细介绍了贝克特的作品及相关评论，这是国内较早具有学术研究价值的英国文学类书目之一。但总的说来，20世纪后半叶，我国对贝克特的研究还处于起始阶段，许多人只知道他是荒诞派戏剧的代表，对《等待戈多》之外的作品了解得不多，也鲜有其译作问世。

2000年之后国内关于贝克特作品研究的优秀论文和专著层出不穷。评论者们在剖析贝克特对人类处境独特哲学界定的基础上，从不同角度审视其作品的文化内涵和人物特征。2005年，国内第一本系统研究贝克特小说的专著是北京语言大学的王雅华教授的《走向虚无：贝克特小说的自我探索与形式实验》（英文版），对贝克特的《莫菲》、《瓦特》等五部代表性小说进行了系统的比较研究和解读，阐述了其作品的互文性、连贯性以及作家的小说作品形式的不断解构与重构的实验性探索过程，填补了国内评论界在这一方面的空白。

这段时期的贝克特研究视角更加新颖独特，研究范围也更广泛、更全面。黄立华博士的专著《贝克特戏剧文本中隐喻的认知研究》是跨文学和语言学的新研究，是国内贝克特戏剧研究的新突破，他从贝克特戏剧文本中语言隐喻视角和非语言隐喻视角两个方面进行研究，视角十分新颖。

期刊文章中关于贝克特研究的选题也日渐增多。比如2001年，肖四新在《当代外国文学》上发表了《信仰的破灭与重建——论〈等待戈多〉的潜在主题》一文，探讨作品中对基督教信仰的呼唤与重建问题。2003 年南京大学何成洲教授在《当代外国文学》上发表了《贝克特：戏剧对小说的重写》，次年又发表了《贝克特的"元戏剧"研究》，两篇论文立意不同，对国内贝克特戏剧研究都做出了重要贡献。王雅华博士还曾经在《国外文学》上发表了一篇题为《作者之死与游戏的终结——塞缪尔·贝克特小说〈马隆纳之死〉之后结构解读》（2004 年）试图以后结构主义理论为依据，对其作品进行解读。此外，冉东平发表的《突破现代派戏剧的艺术界限》和龙昕的《贝克特戏剧与远古神话》从新的角度对贝克特的代表性剧作的美学特征以及与神话之间的关联做了分析。

21 世纪初国内还出现了几篇贝克特研究方面的优秀博士学位论文，包括张亚军的《寻找自我：塞缪尔·贝克特舞台剧研究》（2003 年），曹波的《回到思想界——贝克特长篇小说的拉康精神的分析》（2005 年），刘爱英的《塞缪尔·贝克特：见证身体之在》（2007 年）等。同时涌现了许多研究贝克特作品的硕士论文。这一时期的期刊文章和学位论文的共同特点是开始从单一性走向多元性，新的研究视角不断出现，比如深挖贝克特作品的哲学根源、对其作品从生态主义进行解读，将贝克特的作品与其他作品进行比较研究，探讨贝克特的叙事艺术等，思路非常开阔。

国内最新贝克特作品研究方面的专著比较有代表性的作品有梁钫的《"贫乏"的艺术》（*The Art of Scarcity:A Narratological Study of Samuel Beckett's Prose Trilogy*），于 2011 年由复旦大学出版社出版。书中评价了贝克特小说"三部曲"的艺术特色，对其中的"Scarcity"（贫乏）进行定义，从叙事学角度分别探讨了"三部曲"的信息"贫乏"而内涵丰富的写作特点、"Scarcity"（贫乏）特色的艺术成就及其影响等。

另一部代表性著作就是 2013 年北京大学出版社出版的、王雅华教授的关于贝克特研究的第二部专著《不断延伸的思想图像：塞缪尔·贝克特的美学思想与创作实践》。这本书针对贝克特作品的思想基础、对西方哲学的批判继承，以及对其诗歌、小说、戏剧等作品的全面剖析，尤其是对贝克特的小说作品的诠释极为细致深入，为中国学界认识贝克特的创作提供了有价值的参考。这部长达三十五万字的专著中还对贝克特的一些极容易被人忽视的作品进行了评论和阐释，向读者们清晰地呈现了贝克特创作的思想图像和动态曲线。

此外，曹波教授在进行多年的贝克特研究后，于 2015 年出版了专著《贝克特"失败"小说研究》，对"失败"小说做出了原创性界定，采用后现代精神分析理论对贝克特的小说进行全面研究，指出它们呈现出一条从模仿到扬弃、从全知全能到无知无能、从现代到后现代、从外部到内部的螺旋式演进脉络，填补了国内的相关空白。

综上所述，我国的贝克特作品研究到了 21 世纪之后，不论是在数量上还是在质量上都有了长足发展，上述这些论文和专著对研究贝克特的作品有重要参考价值，尤其是到了 2006 年贝克特百年诞辰之际，国内对贝克特戏剧的评述和表演达到高潮。这一时期最大的特点是研究者能够自觉运用新的理论和批评方法，运用多元化的视角，写出了许多令人耳目一新的高质量的研究成果。但是与国际上对贝克特的研究相比，依然有些落后脱节，仍然有很长的路要走。

三、贝克特作品的译介和传播

文学作品的翻译可以说在作品的传播中扮演着重要角色，翻译在一定意义上给了文学作品第二次生命。随着贝克特的声名日盛，其代表性作品，尤其是他的小说"三部曲"和《等待戈多》《终局》《克拉普的最后一盘录音带》《啊，美好的日子》四大剧作，曾经先后被译为十几种语言发行。这些作品最初有的是用法语写成的，有的是用英语写成的，后被译成多国语言。

贝克特最早被翻译引进到中国的是 1962 年 10 月 21 日程宜思发表在《人

民日报》上的《法国先锋派戏剧剖析》一文。1965 年，中国的文学翻译家施咸荣[①]首次翻译了《等待戈多》，由人民文学出版社以"黄皮书"的形式出版，受到大众的认可和欢迎，给中国文学界带来了巨大影响，后来（1980 年）被收录进上海译文出版社出版的《荒诞派戏剧集》。1980 年上海译文出版社也出版了《等待戈多》的中译本。1984 年上海文艺出版社出版了《外国现代派作品选（第三册上部）》，其中收录了贝克特的《等待戈多》。到 1998 年 12 月中国社会出版社出版的《诺贝尔文学奖金库（第三卷）》，其中收录的《等待戈多》依然是施咸荣翻译的版本。

20 世纪中译本的贝克特作品相对有限，只有仅有的几本代表性作品被翻译家引进。继施咸荣之后，余中先根据午夜出版社 1971 年法文版再次翻译了《等待戈多》，并获中文版出版授权。2006 年，贝克特百年诞辰之际，湖南文艺出版社推出了 5 卷本《贝克特选集》，收录了《等待戈多》等名作。后于 2013 年推出了 11 卷本"贝克特作品选集"，将贝克特早期小说作品纳入。余中先译本的《等待戈多》也在其列。除了这本之外，选集还包含了赵家鹤翻译的《终局》《默剧Ⅰ》《默剧Ⅱ》，谢强、袁晓光翻译的《戏剧片段 1》《戏剧片段 2》《广播剧速写》《广播剧草稿》，还有曾晓阳翻译的《收场》《什么哪里》等作品。

2016 年 8 月，贝克特 110 周年诞辰之际，湖南文艺出版社又出重磅，出版了一套 22 卷本的《贝克特全集》，不但包含了贝克特的典范剧作，还包含贝克特早期创作的几部乔伊斯式小说，贝克特毕生的英文诗歌、英文短篇作品，以及两部文艺评论集。这套全集的出版来之不易。湖南文艺社从英、法、美多个出版社购得了所有贝克特作品的版权，花费了 3 年时间进行翻译与编

[①] 笔名方木，施映千，1927 年出生，1993 年逝世。籍贯浙江省鄞县人。1953 年毕业于北京大学西语系英语专业，在人民文学出版社外国文学编辑室工作了二十八年。1981 年调入中国社会科学院美国研究所。新中国成立以来著名的翻译家。

辑。这套全集的出版是国内贝克特研究史上的重要事件。国际知名贝克特研究专家、《贝克特研究期刊》前主编 S.E. 贡塔尔斯基教授力推此书，并为此套全集作序。全集中《啊，美好的日子》和《短剧集（上）》是由四川外国语大学刘爱英教授翻译而成的，刘老师在美访学期间曾师从贡塔尔斯基教授，她发表的关于贝克特批评研究的文章也在国内很有影响力。这套全集中译本的发行无疑会帮助更多的中国读者了解贝克特及其作品。

　　除了贝克特的作品，关于贝克特研究和贝克特批评的一些书籍也不断被翻译成中文，引进国内。上海外语教育出版社出版的《贝克特》是从海外引进的一套研究、介绍外国文学的丛书中的一本。2000 年，唐盈等翻译了《塞缪尔·贝克特和他的世界》，由敦煌文艺出版社出版。这些书无疑应视为国内学者在贝克特研究领域所做出的努力和贡献，有助于提高我国在贝克特研究领域的水平。近年来，塞缪尔·贝克特的《等待戈多》还被选进了我国的高中教材。

　　随着贝克特作品被翻译成多种语言，它们也在不同的国家、不同的剧院以不同的语种登上舞台和荧幕，实现了剧本翻译与舞台表演的良性互动。

第三章 贝克特的创作思想与西方哲学

贝克特创作中的哲学语境，是从笛卡尔到萨特那里获取的哲学思想原材料、原思想。经过加工后，贝克特将一系列的哲学理念和宗教思想整合在一起，开始了对存在的根本意义这一哲学之谜的毕生探求。从"三部曲"中对自我探寻的细致描写到哈姆（后尼采无神论主义的代言）的粗声大喊："混蛋！它根本不存在！"（Endgame：38）可以看出他的每部作品几乎都有宗教或玄学因素。贝克特的特别之处在于他可以将无数分散的思想碎片、信仰、无信仰整合成一种全新的个人神话。本章试图解释贝克特的创作理念如何受到西方哲学思想的影响以及他如何将这些哲学思想综合起来，揉合进自己的作品中。

第一节 贝克特与笛卡尔

法国著名的哲学家、西方近代哲学的奠基人之一勒内·笛卡尔（1596—1650）曾被黑格尔称为现代哲学之父。早在贝克特成为作家之前，他就对笛卡尔的哲学十分感兴趣。在巴黎高师工作期间，贝克特就写过反映笛卡尔时间观和哲学思想的诗歌《腥象》。《塞缪尔·贝克特：批评文集》一书就是探讨贝克特如何通过作品向笛卡尔致敬的。贝克特在戏剧里运用的道具，如轮椅、眼镜等据说也都是笛卡尔喜欢的物件。

笛卡尔的哲学思想，尤其是普遍怀疑的主张深深地影响了贝克特。普遍怀疑的方法，在笛卡尔看来，是发现真理、得到确定知识的一个重要原则。

他把发现真理的过程比作从筐子里拣烂苹果的过程。如果不知道哪个苹果是腐烂的，又需要把它挑出来以防影响其他苹果，那么最简单的方法就是把所有苹果全部倒出来，然后逐一挑选，扔掉坏的，只保留好的。同样，笛卡尔认为，在我们寻求真理时，有必要把我们原本信以为真的见解统统摒弃，再从根本上重新开始。也就是说笛卡尔认为，除了怀疑这件事情本身之外，一切都是可以怀疑的，都是应该被怀疑的，任何权威都不例外。

笛卡尔同时指出，怀疑本身不是目的，不能为了怀疑而怀疑，而是为了剔除一切错误的看法，确保我们认识的基础绝对可靠。他曾经说："我并不是模仿那些为怀疑而怀疑的并且装作永远犹豫不决的怀疑派，因为正好相反，我的整个计划只是要为自己寻求确信的理由，把浮土和沙子排除，以便找出岩石和黏土来。"[1] 所以，笛卡尔的普遍怀疑是从方法论的角度来说的，他认为在发现真理的过程中，除了怀疑一切的精神，还需要通过独立思考来完成。

笛卡尔的最著名的观点是主张我思故我在，即人们可以怀疑一切事物的存在，却不用怀疑自我本身的思想，因为此时一个人唯一可以确定的事就是他自己思想的存在。在笛卡尔之前，人类把大部分的注意力都放在了客观世界上，几乎完全忽视了自我。笛卡尔令哲学实现了回归，把人类的目光拉回到我们自身。

在贝克特的小说作品里，不难找到他对笛卡尔思想的态度。如瓦特、莫菲这样的小说人物形象都是沉浸在自己的独立思考世界里，试图通过这种方式来获得他们想追寻的真理。瓦特依赖逻辑展开的认知努力是对笛卡尔《方法论》的戏仿，而这一行为最终导致深陷意识紊乱之中的他走向了崩溃和癫疯。无独有偶，生性超脱、精神衰弱的唯我主义者莫菲也是个喜欢漫无目的地进行心灵神游的人。他认为世界上最有趣的地方是自己的内心，在它的黑

---

[1] 见《十六-十八世纪西欧各国哲学》，142 页，商务印书馆，1975 年出版。

暗角落里，可以享受到无上的快乐。他羡慕精神病人那种不受意志束缚的自由。沉迷于心灵幻境的他最终在死亡与疯狂的阴影中，受尽了痛苦与折磨，却得不到丝毫的报偿，最后走向了崩溃和死亡。

在笛卡尔的哲学体系中存在一对矛盾体，即理性的权威和上帝的存在。黑格尔曾经说："从笛卡尔开始，哲学一下转入了一个完全不同的范围，一个完全不同的观点，也就是转入主观性的领域，转入确定性的东西。宗教所假定的东西被抛弃了，人们寻求的只是证明，不是内容。"但是，在笛卡尔的哲学体系中，他认为除了机械的世界外，还有一个精神世界存在，而在这个精神世界里，上帝被赋予了很高的地位。他的这种二元论的观点后来成为欧洲人的根本思想方法。在贝克特作品里的人物，比如在莫菲身上，就可以看出作者在创作时受到笛卡尔二元论以及物质与精神分裂观的影响。这些人物因为试图寻找精神和肉体、情感与知觉的完美统一，备受困扰和痛苦的折磨。此外，贝克特的戏剧作品里，尤其是后期戏剧里所体现的动作与静止、语言与沉默、结构与解构、起点与终点、自我与宇宙等二元对立的因素，无疑也是受到了笛卡尔二元论的影响。

正是因为继承了笛卡尔怀疑一切和崇尚思维自由的精神，贝克特在有些作品里对笛卡尔的观念也产生了怀疑，持有不同意见，比如对笛卡尔所坚持的人类用以推断知识的首要准则（上帝）及对上帝存在之因果推论。笛卡尔推崇通过我思推出我在，通过思考求证知识。他对当时的基督教教义不满，但他并不质疑上帝的存在。相反，论证上帝存在的确认性并坚信其至高无上的地位是笛卡尔的哲学命题之一。在《第一哲学沉思集》里笛卡尔论证了上帝的存在。笛卡尔（1996：21）说："很久以来我心里就有某一种想法：有一个上帝，他是全能的，就是由他把我像我现在这个样子创造和产生出来的。可是谁能向我保证这个上帝（可是我怎么知道是否他）没有这样做过，即本来就没有地，没有天，没有带有广延性的物体，没有形状，没有大小，没有地点，而我却偏偏具有这一切东西的感觉，并且所有这些都无非是像我所看见的那个样子存在着的。"只不过笛卡尔说的上帝观并非传统的操控一切的宗教意义上的上帝，他所倡导的是理性主义的上帝观。他一边怀疑一切，怀疑上帝，一边求证上帝的存在。他受教父哲学的代表圣·奥古斯丁 [①] 的影响，认为人们只能通过进入自己的心灵，自我思维、自我反省，用一种神秘的直觉，通过内心来体验上帝的存在。但是人不是全知全能的，人的思维本身是具有局限性的。所以按照笛卡尔式的怀疑方式，他说的第一准则同样可以被质疑。

在贝克特如《等待戈多》之类的作品里，多次出现了"上帝"缺失的意向，他把"存在"这一哲学基本问题呈现给观众，质疑宗教赋予人的崇高光环，探讨一个形而上学的上帝的存在问题。贝克特继承了笛卡尔怀疑一切的精神，在作品中怀疑上帝的存在和权威，同时在绝望中给人留有一丝希望，最终指向人主体自由选择的意义和价值。也就是说他以悖论的方式既坚守又反抗着笛卡尔的观点。

因此笛卡尔的哲学影响了贝克特的哲学思想及其一生的文学创作。贝克特从古罗马思想家奥古斯丁的"如果我错了，我便存在"（si enim fallor, sum）到笛卡尔的"我思故我在"（cogito, ergo sum），从普遍怀疑，怀疑一切除了怀疑本身，到怀疑"我"本身的思想，怀疑那个正在怀疑着的"我"的存在，贝克特在研究笛卡尔的哲学命题的过程中，对笛卡尔的思想进行了继承和批判，其文学作品在一定程度上可以看作是对笛卡尔和笛卡尔开启的问题的哲学所做的一系列持续不断的、带有质疑的探讨。

第二节 贝克特与叔本华

德国哲学家、唯意志主义的创始人阿瑟·叔本华（Arthur schopenhauer）

---

① Aurelius Augustinus，354-430，天主教圣师，古罗马帝国时期天主教思想家，欧洲中世纪天主教神学、教父哲学的重要代表人物。

是个悲观主义者，也是对贝克特的思想形成具有重要影响的思想家之一。他继承了贝克莱[①]和康德[②]的唯心主义，十分认同康德的先验感性论和自由与必然性共存的学说。在他 1841 年出版的《伦理学的两个基本问题》中，叔本华把这两个学说看作是两颗耀眼的明珠多次进行强调。在《附录和补遗》中，叔本华阐述了时间和空间的观念性这个重要学说，跟康德的时空观是一致的。可以说，叔本华前期是康德的追随者。而且叔本华不喜欢德国的思辨哲学，在柏林大学教书时试图与黑格尔学派一较高下。

20 世纪 30 年代初，贝克特在都柏林三一学院任教时，曾经修过一个哲学学位，当时研读了大量康德哲学著作，十分熟悉康德的观点。"自由"是康德哲学里最核心的概念，尽管这一概念不始于康德，却是通过康德的哲学分析才更加明晰化而进入哲学的基础层面的。贝克特的小说《莫菲》中，主人公莫菲在社会与自我、精神与肉体之间难以抉择，最终以死亡的形式实现了绝对自由。贝克特的作品《自由》也是对这一核心概念的映射。在这部三幕剧中，富家子弟维克托将自己与家庭和社会隔绝，在独居的小屋中开始了尝试寻求绝对自由的艰难历程。他身边的亲人朋友都试图劝他回归正常生活，其父还因此过世，维克托虽然也曾经有所彷徨，但最终还是选择了在孤独中继续对自由的追求。康德认为人具有普遍目的，人之自由意志可形成自我约束力和道德规范。同样，叔本华认为本质决定存在，而万物的本质都由欲求和意志决定，认为生命本能比"理性"重要。在叔本华看来，生命就是一团欲望，如果欲望得不到满足人就会痛苦，满足了就会觉得无聊。人的欲望不断出现，一个得到满足了，另一个还会出现，所以人永远处在欲望不能满足的痛苦之中；人如果停止了追求，就会陷入空虚和无聊，这本身也是痛苦。

---

① 乔治·贝克莱，1685 年 3 月 12 日在爱尔兰基尔肯尼的一个乡村绅士家庭出生，他是近代经验主义的重要代表之一，开创了主观唯心主义，并对后世的经验主义的发展起到了重要影响。

② 伊曼努尔·康德（德语原名:Immanuel Kant，1724 年 4 月 22 日—1804 年 2 月 12 日），德国作家、哲学家，德国古典哲学创始人，其学说深深影响了近代西方哲学。

人生就在痛苦和无聊之间摇摆。而自由只存在于本质之中。从主体上看，每个人都感觉自己总是按照自己的意欲行事。但这只是说明了他的行为只是他自身本质的纯粹外观而已。叔本华在《论自由意志》里明确表示过一点，即人可以按自己的意志行事，但在特定的时间只能明确意志一件事情，而且除了这件以外完全没有其他。此外，叔本华曾在他的《要么庸俗，要么孤独》中指出：一个人只有在独处时才能成为自己。谁要是不爱独处，那他就不爱自由，因为一个人只有在独处时才是真正自由的。贝克特的这两部作品都体现了对绝对精神自由的追求，展现了贝克特对人类生存的哲学思考，也从侧面反映了上述两位伟大的思想家对他创作的影响。

贝克特对康德的纯粹理性批判表示认同。"纯粹理性"是指独立于一切经验的理性，"批判"是指对纯粹理性进行考察。在"纯粹理性批判"中，康德研究了人类感知的形式，即空间和时间。他提出了几个著名的问题：我能知道什么、我该做什么、我可以希望什么以及人是什么。康德在人类学问题中谈人在宇宙中的位置、人与神的关系、人的肉身的有限性与人的灵魂的超验性的关系。这也是贝克特在作品中所关心和探求的问题。

叔本华继承了康德的衣钵，他认为康德用最冷静、最清醒的事实证明了柏拉图曾经用一个寓言表示的真理：官能显现着的世界其实并无任何真正的存在，而只有一个不息的变易。它存在，也不存在。人们对于它的了解与其说是一种认识，不如说是一种幻象。虽然叔本华的思想跟康德思想有很多相似的地方，但也有不同。他对康德思想的批判性继承之一体现在"物自体"理论上。作为众多论点的基础，物自体在康德哲学中占据着至关重要的地位。它贯穿于整个康德哲学，既是康德哲学认识论的归宿，又是通向伦理学的门户。康德认为，"物自体"是指一种存在于人的感觉和认识之外的客观实体，即"自在之物"。叔本华的唯意志论对此进行了发展，将意志作为"物自体"，更加受到贝克特的认同和推崇。皮林（1973：127）在《塞缪尔·贝克特》一书中曾说："（贝克特）从不掩饰他是多么地喜爱叔本华所呈现的哲学思想，不仅是被他的风格所吸引，贝克特还非常认同他的很多理论思想。他不能接受康德的'物自体'，因为康德的理性批判只表明我们所能思考的事务的限制范围，不能回答任何其他的问题。贝克特躲进了叔本华的'物自体'即意志中，因为它（意志）是全人类所熟悉的东西，并且它不需要思考。"①

有评论家说，贝克特的作品其实就是叔本华哲学思想的文学版。叔本华在他的《论美学》②里有如下观点：

"人与命运的搏斗"就是悲剧的普遍主题——这是50年来我们那些好发空洞、单调、不知所云、甜腻得让人恶心的言论的当代美学家异口同声说出的看法。这种说法的前提假设就是：人的意愿（意欲）是自由的——所有无知者都抱有这一奇想；除此之外，我们还有一种绝对命令——不管命运如何阻挠，我们都必须达到这一绝对命令的道德目的，或者执行其指令。上述的那些先生们从这种说法获取鼓舞和喜悦。不过，那个所谓悲剧的主题却是一个可笑的看法，因为我们与之搏斗的对手根本就是隐身的、戴着雾一般头罩的侠客……

总的来说，戏剧——作为反映人类生存的一面最完美的镜子——根据其对人类生存的认识，因而在其目的、意图方面，可被分为三个等级。在第一级，同时也是最常见的一级，戏剧只停留在纯粹有趣的层面；剧中的人物在追逐与我们相似的目标的过程中，唤起了我们的同情。情节通过剧中人耍弄的诡计、他们的性格和各种各样的机缘巧合来开展；插科打诨和妙语警句则是这一类戏剧的调料。第二等级的戏剧变得令人感伤了；它们刺激起我们对主人公，同时对我们自身的同情和怜悯。剧情变得哀伤、感人；但到结尾时，

---

① 约翰·皮林是著名的贝克特评论家，本书第二章有记述。本段译文转引自王雅华的《不断延伸的思想图像：塞缪尔·贝克特的美学思想与创作实践》第61页。

② 译文转自《叔本华美学随笔》，韦启昌翻译，上海人民出版社，2009年1月。

它们会让观众恢复平静、得到满足。最高一级和难度最大的戏剧则旨在营造出一种悲剧意味：生存中深重的苦痛和磨难展现在我们眼前；所有人为的努力、奋斗都会化为虚无——这就是我们最终得出的结论。我们被深深地震动了；我们的内心受到了鼓舞，求生意欲转过头来拒绝了生命——这是悲剧中回荡的一种直接的或者作为背景的和音。

叔本华在他的《美学论》中把悲剧看作文艺的最高峰，认为悲剧在最高级别上揭示了意志和它自己的矛盾斗争。叔本华悲观地认为这个世界注定是一个痛苦的世界，为人们的意愿所驱策。源于人的本质，人注定要痛苦，因为人的意愿从根本上是不能得到满足的，世界充满动态需求的意愿和不安。叔本华主张"世界是我的表象"，与笛卡尔的"我思故我在"意思相近，但是却是从两个相反的角度去论述。叔本华认为我们的存在与外部世界的存在是同一的。在叔本华看来，表象世界不仅是一个主观感觉的经验世界，而且是一个虚无缥缈的梦幻世界。虚幻与现实在本质上没有太大差别，即便是认识的主体即人本身也不过是一个幻影。这种悲观的色彩和虚无缥缈的感觉对贝克特的创作有很大的影响。

贝克特的戏剧就是反映人类生存的一面完美的镜子。贝克特深深认同叔本华的观点。在他的创作中，人物不但受到欲求和意志的支配，还会在盲目意志的驱使下生存和抗争。然而意志的世界最终被证明是虚无的。

第三节 贝克特与存在主义哲学

"存在主义"一词最早由法国天主教哲学家加布里埃尔·马塞尔提出。它的主要创始人是马丁·海德格尔[1]，但是将存在主义发扬光大的是让·保罗·萨特。

---

[1] 海德格尔，20世纪德国哲学家。德语名 Martin Heidegger，1889年—1976年，存在主义哲学的创始人和主要代表之一。

那么什么是"存在"呢？海德格尔所说的"存在"是针对"存在者"提出的。"存在"在德语中是 sein，翻译成汉语不但可以译成"存在"，还可以译成"有"或"是"，所以它表现的是一种显现、在世、存在着的动态过程和动态趋势。"存在者"，德语为 das seide，指的是当下可以显现的已经在的、已经有的事物。海德格尔认为"存在者"必须依据"存在"而成为存在者，但是"存在"自身的意义却要依赖，通过"存在者"才能探求和追索。基于这种认识，海德格尔（1987：1）曾在《存在与时间》里借用柏拉图的话说："当你用'存在者'这个词的时候，显然你们早就熟悉这究竟是什么意思，不过，虽然我们也曾相信领会了它，现在却茫然失措了"。在海德格尔看来，自柏拉图以来的西方哲学没有将"存在"和"存在者"区分开来，误把"存在者"当成了"存在"去看待，而且在没有理解存在意义的前提下就肯定了其存在。与他们不同的是，海德格尔的哲学体系是建立在区分二者基础上的。

萨特与海德格尔的不同之处是萨特提出的"存在"是针对"本质"而言的。在萨特看来，不管是黑格尔还是康德的学说都可以称作"本质主义"，因为无论是上帝、自在之物还是意志，都是一种对万事万物起决定性、主宰性作用的力量，主宰着世间万物的"本质"。从逻辑上看，这种"本质"是先于"存在"的，而萨特所追求的是建立一种"存在"先于"本质"的存在主义。所以萨特的观点与之前的本质主义哲学观点在对人的观察角度上是完全对立的。本质主义认为人的本质先于经验中所遭遇到的历史存在；而萨特的存在主义则认为人的本质是在特定的历史境遇中形成的，历史存在是人的本质形成的出发点，道德约束等东西是人们后来制造出来的。在萨特看来，存在分为自在的存在和自为的存在，前者是不能领会、不能意识到或体验到自己存在的那种"存在者"，也可以说是自然的存在，相当于海德格尔"此在"之外的"存在者"。后者则完全相反，指可以领会到或意识到自己的存在意义的人，与海德格尔的"此在"有相通之处。在萨特看来，存在先于本质，由此导致世界是不可知的、偶然的、荒谬的及虚无的。

《等待戈多》是现代哲学中存在主义的形象解释。这部作品中的后现代风格，体现了社会的不确定性。随着理性作为知识根基的消解，贝克特认为混乱才是事物存在的载体，而虚无是本质。《等待戈多》中埃斯特拉冈和弗拉季米尔在苦苦等待戈多到来，但戈多一直未能出现，作品呈献的是在人的苦难面前上帝的无动于衷，或者上帝根本是不存在的，二者的结果是一样的，即人类存在状态的荒诞让人在经历或疯狂或无奈或空虚的生活后注定要死亡。《等待戈多》是现代哲学浓缩的缩影，作品中可以看到海德格尔的"人为死而存在"、萨特的"存在是荒诞的"以及尼采的"上帝死了"等存在主义的哲学观点。

此外，存在主义认为，时间的流逝带来的只是痛苦与恐惧，却不能带来任何实质的改变。对唯心主义哲学而言，本质先于物质而存在；而对于存在主义者而言，永恒的本质仅仅只是对具体及特例的提取，因而具体的存在，即个体才是首先要关注的问题。在贝克特的作品中，人类被抛在一个荒谬的宇宙，在这个荒谬的世界任何事物都是偶然的、不可知的。时间在流逝，如同《等待戈多》里两幕开头描述的树的变化，如同《啊，美好的日子》里沙丘的变化，但是时间的流逝却不能带来任何实质性的改变，等待的人依然在等待，没有出场的人也最终没有出现；半埋在沙丘里的温妮依然在那里，和往常一样打发着时间。习惯成了他们的止痛剂，不论是习惯了等待的两个流浪汉，还是习惯了被半埋在土丘里的温妮，又或是反反复复听录音带回顾着过去的克拉普。既然现状不可改变，那么这些重复的动作和习惯可以让他们忘却现实生活里的痛苦。在存在主义者看来，等待是现代人生存的状态之一，在等待的过程中人们不断地遭遇自我的本质，所有的人都在经历着时间的流逝，经历着没有过去，也看不到未来的生活。连这个自我的本质也是随着时间而不断变化的，所以也是难以被了解和把握的。在《等待戈多》中，到了

第二幕，随着时间的迁移，当同样的人物波卓和幸运儿以不同的面貌和状态出现在埃斯特拉冈和弗拉季米尔面前时，两个流浪汉都认不出他们来，并怀疑自己之前是否真的见过他们。波卓与俩流浪汉兄弟第二次相遇时，波卓也不记得他们："我不记得昨天遇到过任何人，而且明天我也不会记得今天遇见过任何人。"（贝克特：98）不论是谁也不知道是否会出现的戈多，还是已经存在也无法被确定，仍然在变化的其他人和事物，都反映了世界的不确定性、不可知性。

贝克特还在其作品中使用了存在主义中的归谬法或者说反证法、背理法。归谬法的效果在于由归谬达到可笑，由可笑达到否定。贝克特的戏剧就产生了这样的效果。作者在表达荒诞感的同时运用黑色幽默、苦涩的喜剧感，使原来的悲剧具有了荒诞喜剧的色彩。邵旭东曾经说："在归谬方法的使用上，现代派小说中人的悲剧是对德莱塞的悲剧的归谬，而后现代的混乱则是对现代派悲剧的再次归谬。归谬的结果使痛苦成为麻木，荒诞更为荒诞，出路便不再有，也没必要再有了。这第二次归谬，就是使荒诞真正迈上观念的层次的重要一步。"[1]荒诞和幽默的结合，是一种典型的贝克特式艺术表现手法。在贝克特的作品中，人们对生存的困惑会导致恐惧和焦虑，也许人类的处境远非悲痛和沮丧二词可以形容，既然无法改变这个荒诞的不确定的世界，又不得不继续，那么用习惯可以躲避或减轻存在的痛苦。萨特认为人类的存在需要一个理性的基础，他认为习惯如同锁链，是个体与环境之间的一种妥协。呼吸是习惯，生存也是习惯。

存在主义强调人必须自己定义自己的存在与本质。萨特认为，人类只要存在，这种对自己存在的定义就不会终结。在贝克特的戏剧中，他也在试图表达一点，即人类必须有意识地接受世界的荒诞现状，完全意识到这种存在

---

[1] 邵旭东，《美国小说中的荒诞问题》。见博文 http://blog.sina.com.cn/s/blog_505827dc0102vni6.html

状态才是存在的前提，而且意识到之后也要敢于继续投身这个世界，敢于不断定义自身。

生存的理由与生命的归属是两千多年来哲学的两个永恒的母题。在贝克特看来，传统文学的主题、人与人之间的冲突，只是生存的表层，并非人类生存的真相。真正伟大的文学作品要有意识地去表达或演绎人类生存的本质。这也是存在主义哲学对文学创作的影响体现。

第四章 不止于荒诞：贝克特的戏剧革新

戏剧是时代精神的体现，第二次世界大战以后西方戏剧界最有影响力的戏剧潮流之一就是荒诞派。多年以来，尽管评论界对贝克特戏剧也有不少多视角的解读，但更多的是将其剧作与法国剧作家尤金·尤涅斯库和英国作家哈罗德·品特等人的作品一起冠为荒诞派戏剧的典范。本章试图阐释贝克特戏剧作品里的荒诞艺术及他在戏剧领域进行的颠覆性改革。对贝克特而言，荒诞不仅仅是一种形式、一种技巧，更是一种主题。他的戏剧作品是彻彻底底的"反戏剧"，是致力于颠覆理性的文学形式，本章将从几个方面探讨贝克特戏剧的反传统特征及其极高的美学思想和艺术价值。

第一节 贝克特与荒诞派戏剧

"荒诞派戏剧"（Theater of the Absurd）一词指 20 世纪 50 年代兴起于法国的一股现代主义文学思潮，1953 年，贝克特《等待戈多》上演成功，使荒诞戏剧红极一时。最初这一流派被统称为先锋派戏剧，后来 1961 年由英国的马丁·艾斯林在《荒诞派戏剧》中首次定名。荒诞一词，并非字面意思上那般可笑。在《简明牛津词典》中，这个词有两个意思：在音乐中用来指不和谐音；在哲学上指个人和生存环境的不协调。《企鹅戏剧词典》把荒诞剧的本质定为人与其环境之间失去和谐后生存的无目的性（荒诞的字面意思是不和谐）。法国罗贝尔·埃斯卡尔皮在法国《百科全书》中把荒诞定义为常常意识到世界和人类命运的不合理的戏剧性。按照马丁·艾斯林的解释，它指的是不合逻辑和常规、不调和、不可理喻。荒诞派文学思潮兴起后迅速波及英国、美国、德国等国家，成为"二战"后影响最大的现代主义文学流派。20世纪60年代，荒诞派戏剧在西方剧坛盛行，占据着统治地位。除了贝克特，法国的尤涅斯库、英国的品特、美国的阿尔比都是著名的荒诞派戏剧家。

荒诞派戏剧拒绝用传统的、理智的手法去反映荒诞的生活，而主张用荒诞的手法直接表现荒诞的存在。在思想上这一派别受到存在主义哲学的影响，认为既然现实生活内容是荒诞的，那么其表现形式也应该是荒诞的。这类戏剧与哲学上的存在主义的契合关系已经不是什么新鲜视角，关于二者关系的评论文章和著作不胜枚举。

艺术来源于生活，戏剧的创作与时代的思潮密不可分。第二次世界大战给人类艺术、宗教和生活带来了巨大影响，甚至产生了毁灭性打击，人们陷入了信仰危机，人们开始重新审视自身存在的意义和价值。以萨特为首的存在主义思潮应运而生，提出了存在先于本质的观点，指出人的存在没有本质的终极意义，存在的主体没有形而上的绝对意义和上帝的绝对意志，而是不断地在自为存在中去选择自由。而人的本质，在萨特看来就是自由，人面临自我意识和未知未来时，只能在自为存在中去选择自由，这个过程中会遇到自在存在和其他障碍，进行选择时也会陷入对虚无的恐惧和不安。

贝克特曾经目睹两次战争及战争给人带来的灾难。在自己毕生的创作中，贝克特执着于一种深刻的存在主义式的痛苦。从他的诗集《腥象》到他的长篇《莫菲》，再到他的戏剧作品，无不延续着相同的主题。他的荒诞派戏剧与存在主义戏剧有相似之处，在戏剧观上二者都崇尚表现当代人生存状态及境遇，主要研究人的忧虑、悲伤、恐惧、绝望，甚至是死亡等人生"存在"的具体情感状态。

存在主义哲学家及作家萨特主张戏剧应该用表现权利之间的冲突来取代性格冲突，表现简单而人道的境况，以及在这些境况中自己选择的自由。他认为戏剧不是任何论题的依托，不受任何先入之见的影响。戏剧只是试图表现人们的问题、希望和斗争，以探索全部状况。所以他认为存在主义戏剧应该具有以下特征：简洁、精练、朴实无华、极端紧张的风格。这为后来的荒诞派戏剧打下了基础。荒诞派戏剧放弃了关于人类处境荒诞性的争论，它仅仅表现它的生存状况，以具体的舞台形象来表现存在的荒诞性。在对世界的无奈、人类生存状态的异化等方面，二者有相似之处。

但是荒诞派戏剧并不等同于存在主义戏剧。关于二者的不同，艾斯林有段著名的论断："萨特、加缪[①]本人大部分戏剧作品的主题也同样表明他们意识到生活的毫无意义，理想、纯洁和意志的不可避免的贬值。但这些作者与荒诞派作家之间有一点重要区别：他们依靠高度清晰、逻辑严谨的说理来表达他们所意识到的人类处境的荒诞无稽，而荒诞戏剧则公然放弃理性手段和推理思维来表达他所意识到的人类处境的毫无意义。如果说萨特和加缪以传统的形式来表现新的内容，荒诞派戏剧则进了一步，力求做到基本思想和表现形式的统一。从某种意义上来说加缪的戏剧，在表达萨特和加缪的哲理——这里用的是艺术术语，以区别于哲学术语——方面还不如荒诞派戏剧表达的那么充分。"

如果说加缪和萨特是直接以自己的哲学观点为基础进行存在主义戏剧的创作，用传统的形式来表现新的内容，那么贝克特的荒诞剧则是做到了主题思想和表现形式的统一。加缪的戏剧是以传统的理性逻辑形式来表现荒诞的不合理性的现实、人物或事件。如加缪的《局外人》，通过传统的故事和古典的形式向读者展示了一个荒诞的世界。而成熟期的荒诞戏剧是用非理性的荒诞形式叙述、描绘或直接呈现一个非理性的荒诞内容。比如，贝克特的戏剧不提供任何传统的、现实的"支点"，而是用符号化、象征化的方式来喻指，展现人类的生存处境。贝克特提出的只有无情节、无动作的艺术才算得

---

① 加缪（Albert Camus，1913-1960），法国作家，评论家，著有《局外人》，《西绪弗斯神话》等。

上是纯正的艺术曾被看成是荒诞派艺术的宣言。理性的东西被彻底抛弃，不论是从内容看，还是从形式上看，贝克特的荒诞戏剧都不同于存在主义戏剧，它们不依靠高度清晰、逻辑严谨的说理来表达他们所意识到的人类处境的荒唐无稽，而是冲破了理性的、有条理的叙述结构，用非理性来展现荒诞。

贝克特式荒诞剧的艺术特点是用轻松的喜剧形式表达严肃的悲剧主题，强调表现抽象的主观感受，喜欢采用漫画式的夸张、比喻和象征的手法来展现主题；反对传统的戏剧结构，打破了情节上的逻辑性、连贯性，颠覆了情节整一性的原则；反对传统的戏剧语言，人物语言支离破碎，人物缺乏明显的性格特征；舞台表演上借助各种怪诞、不合逻辑的灯光和场景，使整个舞台成为荒诞世界的象征性场景等。

第一，贝克特在他的戏剧中特意安排了剧中人物看似毫无意义的动作或琐碎的争吵，以表现现代人生活的平庸、无意义、无价值，是对传统价值体系、人格理想的无情解构，具有"反英雄"特征。观众往往感同身受，感觉剧中的人物似乎就是自己，剧中人物的命运和处境就是自己目前所面临的生存状况。因为贝克特放眼的是整个人类，他的戏剧主题具有普遍意义。

第二，语言作为交际工具功能的丧失，人们为说话而说话，不是为了交流思想。贝克特在作品中有意让人物自说自话体现人的异化和孤独；有意让人物用彼此矛盾的语言掩盖、模糊事实的真相，混淆视听；有意让讲话者使用或晦涩或听起来似乎不知所云的支离破碎的语言，来传达语言的无逻辑、无理性，进而反映世界的无秩序。

第三，贝克特的戏剧表现了人与人之间的隔膜。贝克特戏剧中的人物基本都是成对出现的，而且多为人生最亲密的关系，比如夫妻、兄弟。《终局》和《啊，美好的日子》里面的人物都是成对的主仆或夫妻。夫妻是人生中最密切的关系之一，他们相互依赖、相互扶持，可在贝克特的戏剧中，他们是存在隔阂的，是不能真正交流和沟通的，他们之间的对话往往是自说自话、胡言乱语和无谓争吵。这种安排是为了体现现代人极端孤独的处境，体现荒谬的司空见惯。克劳夫一直想离开汉姆，也是对这种关系的一种反抗，但这种反抗仅仅是想法，很快被否定，荒诞的状态继续下去，一切维持着原本的样子。

第四，剧中充满象征性。为展现主题，贝克特的戏剧中运用了许多象征手法。贝克特的戏剧并不反映某件具体的事件，也不讲述某个具体人物的故事，没有具体的情节，没有细致的背景描述，而是建立了一个和现实平行的隐喻性的世界。《等待戈多》的两个主人公并非两个特定的、无家可归的流浪者，而是象征着整个人类，象征着人类的精神信仰危机和失去精神家园而"无家可归"的状态。光秃秃的树使人想起绞刑架、十字架。长长的路让人想起人生追寻自我、探求真理，在通往未来的路上等待救赎、等待改变、等待希望。空旷的舞台和《啊，美好的日子》里的沙漠一样，象征着这个冷漠无情又广袤的荒诞世界。

在贝克特的戏剧中，真实即荒诞，荒诞即真实。人生活在一个无意义的世界里，有的麻木不仁、无动于衷，有的无力抗争、苟延残喘，有的懒得改变、听之任之。现代西方人的幻灭感、现实的空虚、人的无奈和麻木，在反传统的戏剧形式下都变得更加具有震撼力。

第二节 《等待戈多》的悲剧内涵

贝克特的《等待戈多》是荒诞派戏剧中负有盛名的扛鼎之作。该剧采用荒诞滑稽的表达手法，淋漓尽致地展示了现代西方人在自我迷失后的荒诞感、无助感和迷惘感。其独树一帜的戏剧形式及别具魅力的语言策略受到文学评论界的一致肯定，但对其主题的阐释却莫衷一是。以往的解读多把它视为揭示"人类在一个荒诞宇宙中的尴尬处境"（肖四新 310），这并非误读，而是准确把握了作品的出发点，但尚未认识到作者以激起人反抗和超越荒诞的意旨及荒诞意蕴背后深刻的悲剧内涵。

要理解这一悲剧内涵，首先要对作品的性质作出界定，弄清它是假想出特定的人物情境以引人发笑的喜剧，还是将有价值的东西毁灭以激起人同情怜悯的悲剧？又或是表现人在杂乱无章的世界秩序中无处遁逃的荒诞感的滑稽剧？

喜剧通常涉及的是日常生活方面要解除忧虑的轻松感，表现人类行为的怪僻、缺陷及风俗习惯；而悲剧关注的是人类的天性、人生的困苦、生存的根本危机及与之相关的最强烈感情；滑稽剧则洞察人机械地和自动地对生存本质问题的探索反思，表现人与生存条件脱节后的无望无为。从美学层面上看，把《等待戈多》的主题简单看成是表现人等待的无望、生命的无常和生活的无意义，是把它错归到了荒诞滑稽剧一类。但"滑稽剧意在说明任何事物的存在都没有名副其实的原因，一旦程序输入，行动就会自发地产生"。（肖四新 312）它并不是为了突出有价值的东西的毁灭以引起悲剧效果，因此它只有苦痛、失败和毁灭，却没有经由此过程而获得升华、超越与提高的悲剧精神。

悲剧精神，指"一种由悲伤、哀怨、忧患、壮烈乃至罪恶感心态交织而成的复合情绪，它是人类文明发展中永恒骚动的一环，也是人类文明发展的原动力之一"。（孙美堂，2003：78）《等待戈多》半个世纪以来盛演不衰，原因之一就在于它具有这种令人振奋的悲剧精神。这一悲剧精神渗透在它的表现形式与实质内涵的二元对立中。

贝克特把《等待戈多》称为悲喜剧，是以喜剧的形式展现了悲剧的实质。"喜剧性在于试图强调纯属形式的主观性，个体通过强调它自身或然的个别性来对抗必然的发展时，总会带有喜剧性……悲剧性则包含着人类的信念，使人更深刻的理解生活。它们共同构成了生活与希望的意义。"（周靖波，2003：399）在这部两幕剧中，贝克特采取了夸张变形的艺术手法和荒诞滑稽的漫画技巧，描写两个衣衫褴褛、无家可归的流浪汉弗拉季米尔和埃斯特拉冈在一个欲生不能、欲死不得的世界中，逐渐失去了等待的信心及勇气。他们苦苦地等待戈多，而戈多却迟迟不来。在漫长的等待中，他们百无聊赖：用互相拌嘴的岔话插科打诨、用传递帽子的方式自娱自乐，不断脱靴穿靴以消磨时间，甚至试图通过上吊来反抗存在的荒诞。"剧中成对的角色或丑角的出场，避免了极端的荒诞景象赤裸地展现在舞台上引起反感，给作品的真实内涵蒙上了一层过滤沙幕。"（斯泰恩，2002：411）但等待却愈显得热切而生动。正是在这里，喜剧超越了滑稽、逗乐的层面，展现了最沉重最庄严的全部内涵：人若不是悲剧性的，它必是可笑而痛苦的，而通过暴露它的荒诞就可以创作出某种悲剧。贝克特之所以采用喜剧形式来表现超时代的抽象的精神状态，并在艺术上造成滑稽的漫画效果，正是对最深重苦难的最无望的言说。

《等待戈多》的悲剧精神是一种人生哲学，其荒诞不经的感性形式却契合严肃深刻的人生哲理。这与阿尔贝·加缪的存在主义观点有相通之处。加缪认为荒诞即"希望着的精神和使之失望的世界之间的那种分裂。"[1] 它是人类对超越自身有限性感到徒劳无益的性质的了悟。根据加缪的哲学理念，荒诞的蕴涵有三重。与此对应，《等待戈多》的悲剧内涵也表现在三个方面。

首先，加缪认为荒诞使人清醒地意识到人性的呼唤与不合理世界间的冲突。《等待戈多》正是对人类生存异化的彻底揭示。它以独特的手法重述了人生的荒诞这个从古希腊悲剧沿袭下来的母题。它表现的人类对生存条件的荒诞不经产生的恐惧不安之感，与经历了"二战"的欧洲人的心态十分吻合。在惨绝人寰的"二战"中，人命贱如蝼蚁，人们过着四处流亡、食不果腹的生活，处于孤立无援的境地。他们呐喊祈求，却没有神明惠然降临，以使他们免于灾难。《等待戈多》中的弗拉基米尔是 20 世纪人类的代表，其处境正是人类命运的缩影。剧中的人物影射了全人类的境况，他们是黑暗中的黑暗、

---

① 参见《加缪文集》，第 656 页。

苦难中的苦难、荒谬中的荒谬。

其次，根据加缪的阐释，荒诞使人重新思考观照世界的方式与衡量世界的尺度，是对存在的界面性意识。而《等待戈多》的悲剧精神就表现在激发人类的这种意识。贝克特认为应该看到人类的悲剧，其创作正是要人们对此有所认识。由于生命不是抽象的，它在发展自己的同时，其现实状态在不可避免地异化。而人类一旦明确地认识到这一点，真正痛苦地看到生命在沉重的压抑中丧失殆尽，便意味着生命意识开始了真正的觉醒。对荒诞的超越总要从意识开始，如不通过意识则一切都毫无价值。《等待戈多》创作的目的就是让人们通过思考意识到人类的处境和危机，使他们在对浑浑噩噩、混混沌沌的生命的反思中萌发出强烈的悲剧意识。

"荒诞的反面是有意义，荒诞性就是要引起人对缺乏意义的注意。"（阿诺德·欣奇利富：1992：79）对意义的追寻是加缪关于荒诞哲学理念的第三重蕴涵，即荒诞意味着对人生意义的探寻，对幸福与理性的向往。同样，《等待戈多》的悲剧内涵的第三个层次就在于引发人类对荒诞的超越，对意义的追求。它反映了人试图以"非理性"的方式进行理性观照达成解救之途所做的再一次努力。在剧本结尾，弗拉季米尔和埃斯特拉冈没有等到代表超验力量的戈多，却仍然没有放弃。他们说："我们走吧！"[1]却又都待在原地不动。等待充满了悲剧性，等待的无望即有价值的东西的毁灭，它蕴含着一种理想主义的痛心疾首，而意义就在这种痛心疾首中产生，并诱发一种向上的再生情感。把《等待戈多》视为荒诞滑稽剧，是只看到了加缪关于荒诞意蕴阐述的第一重含义，即人类存在的荒诞性，忽视了它的第三重含义，即人类通过承担和超越荒诞使自身获得拯救的悲剧精神。

在《悲剧的诞生》中，尼采也曾极力主张这种悲剧精神，幻想希腊悲剧之再生，以拯救现代人的心灵。"悲剧本身使人被迫正视个体生存的恐怖，

①贝克特的《等待戈多》，第105页。

而一种形而上的慰藉又使人暂时逃脱世态变迁的纷扰。不管现象如何变化，事物基础之中的生命仍是坚不可摧的。"[1]悲剧精神是一种对人生悲剧的超越，它先经由否定的阶段，即感到压抑困惑、无所适从，甚或威胁，再进入肯定的阶段，这时一种崇高的情愫"无可阻挡地进入我们的想象和情感，并使之升高到和它一样广大"。（孙文辉，1998：86）《等待戈多》的悲剧审美内涵就是在这种通过肯定与否定获得的再生情感中达成的。

总之，在荒诞的现代世界秩序中，面对无力平复的焦虑，人类必须有勇气去承受荒诞，在现代悲剧的冲刷和洗礼中得到净化。《等待戈多》砥砺着读者的承受力，使他们在感受到人生悲哀的同时，通过自我否定趋向自我超越，不断挺直弯曲的脊梁。它曾一度唤醒西方，并使之在精神上活跃起来，具有使现代人从精神的贫困中得到振奋的无与伦比的悲剧价值。

第三节　贝克特的《终局》之布局

贝克特主张每部作品的创作必须有新意，不仅要有别于其他的文学形式和文学作品，还要与作家之前完成的作品有所不同。所以，《终局》继承了《等待戈多》中推行的极简主义风格，并将其发展为更加典型、更加浓缩的戏剧。贝克特想在《等待戈多》的基础上凝练出一部更能展现人类生存灰暗意象的全新戏剧，要"比戈多更不人性化"[2]，要以独幕剧的形式来表现，使之类似于传统悲剧结尾的最后一幕。在贝克特的精心构思下，这部剧作于 1956 年完稿，并于 1957 年在伦敦的皇宫剧院团首映。这部由贝克特精心设计的作品有着巧妙的构思和布局。

首先，题目"终局"一词的使用是一种隐喻手法。贝克特借用国际象棋中的术语"终局"，用象棋比赛中的最后一个阶段来喻指人物的生存状态。

---

[1] 刘春梅，"悲剧精神与艺术人生——读《悲剧的诞生》"，第 97 页。

[2] 参见 *Village Voice*, New York, 19 March 1958.

在下棋到了接近终局的时候，棋盘上的大多数棋子已经被拿走，只剩下仅存的几个棋子。而剩下的棋子相互依赖相互制约。这很巧妙地暗示了剧中人物之间的关系。原本在《等待戈多》里尚且能够自由行动的弗拉季米尔和埃斯特拉冈变成了《终局》里行动自由受到了限制的哈姆和克劳夫。哈姆双目失明，坐在轮椅里，只能通过移动轮椅从房间的中间移到墙边；克劳夫坐不下去，只能从这面墙到那面墙之间，再从房间中央到门口之间跑来跑去。而因车祸失去双腿的耐尔和纳格被设定在垃圾桶里动弹不得。这两个人物就像是轮流下棋的两人，在《终局》中，哈姆总是在故事发展前宣布"该我了（7）"，虽然不同的是"他要结束的比赛是他自己的生命"（A. Alvarez 90）。贝克特运用这种暗喻来比喻人生的生存阶段和接近终了的僵局境地。生命于人意味着什么？在失去生命之前的人会想些什么？面对进退两难境地的人们又该如何做出选择？跟下棋一样，选择决定着结局。在贝克特生活的时代，人们也有面临类似的选择。两次世界大战使人饱受痛苦，使人重新思考人生的意义和价值，重新审视死亡和生存。就像到了下棋的最后局面，是维持残局，还是结束它，开始新的局面？生存是痛苦，死亡也是痛苦。贝克特在《终局》提出了一个难以回答的复杂问题。对于这个问题贝克特没有给出确定的答案，如同人及人所生存的荒诞世界本就难以确切地去界定或把握。所以这部戏中，克劳夫多次声称他要离开，却始终未能出门，他声音模糊地对自己说：

克劳夫，有时，你必须能更好地承受这样的痛苦，如果你希望别人厌倦对你的这种折磨的话……有朝一日。我对自己说……克劳夫，有时，你必须更好地待在这儿，如果你希望他放你走的话……有朝一日。可是我觉得自己太老了，已经无能为力去养成新的习惯。算了，这永远都结束不了，我永远都走不了。（略停）接着有一天，突然，这正在结束，这正在改变，我不明白，也不明白这。我求他说说别的话……睡觉，醒来，晚上，早晨。除了这就无话可说。（略停）我打开了我那单人牢房的门,我走了。我的背驼得这样厉害,我见到的只是自己的脚。要是我睁开眼睛,在我的双腿之间只有一点儿浅黑色的灰尘。我对自己说,这大地熄灭了,尽管我从未见到过它发过光。(略停)就这样孤零零地走着。(略停)当我摔倒时,我将因幸福而流泪。(73)

在戏剧的结尾,克劳夫依然守在门旁,谁也不知道,连他自己也无法确定他是否会离开。而哈姆则用手帕盖住了自己的脸,让两只胳膊耷拉在扶手上不再动了。

如同下棋即将结束,虽然仅存的棋子还不知道该如何走出下一步,但结局似乎已经预知。剧中的人物就像是棋盘上的棋子。汉姆就像是残局里被困在原地的国王,克劳夫是他的仆人,他专横武断对克劳夫颐指气使,但是却只能依靠克劳夫,在他的帮助和保护下来做小幅度的移动。离开克劳夫,他将无法生存。在剧中,他让克劳夫把他推到房间的中间转一圈,以此来确认他的重要地位。克劳夫听从汉姆的指令,看似是戏剧中最具有奴性、最受压迫的一个,然而他是唯一一个有活动能力的人。他就像是棋盘上的士卒,保护着国王和其他的棋子。耐尔和纳格已经完全动弹不得,被困在棋局上,他们三个一旦失去克劳夫,将无法存在下去。这三个人互相埋怨、互相依托,恐惧地幻想着未来,又不断地否定一切,在绝望中挣扎。《终局》所表现的是随着信仰的缺失,人在寻求生存意义时所感到的迷惑、恐惧、无助和绝望。

其次,贝克特在《终局》这部剧作中展现了一种荒原意象。在戏剧开篇的舞台提示里,贝克特写道:"舞台上无家具。淡灰色的光线。"贝克特将《等待戈多》里的"开放式"的、更加具有不确定性的小路替换成了封闭的囚室般的房间。房间只有两扇小小的窗户,可以透过它们看见外面荒凉死寂的世界。对于外面的世界,哈姆只能通过克劳夫拿望远镜来"观察",根据克劳夫的描述,屋外"什么也没有……什么也没有……好……很好"(68)。

从这段描述可以看出，克劳夫对屋外世界的荒凉惨淡既有些失落，又有些习惯了。这种状态也许他已经看过多次，已经觉得心安理得或者熟视无睹。于是当他观察到外面有一个人的时候觉得既吃惊又恐惧。

克劳夫再次走近窗前的梯子，爬了上去，用望远镜瞄准。略停。

克劳夫：哎哎哎！

哈姆：是一片树叶？是一朵花？一个西红……（他打了个哈欠）……柿？

克劳夫：（观察着）去你妈的西红柿！有人！是人！

……

克劳夫回到梯子旁，爬上去，用望远镜瞄准。

克劳夫：七十……四米。

哈姆：是在靠近，还是在离开？

克劳夫：（始终观察着）没动。

哈姆：性别？

克劳夫：这有什么重要？（他打开窗，俯身向外。略停。他又直起身，放下望远镜，转身向哈姆。恐惧地）好像是个小孩。

……

他好像是坐在地上，背靠着什么东西。

哈姆：……他肯定在看着这所房子，以垂死的摩西那样的目光。（70）

从这段对话可以看出，哈姆虽双目失明，双腿瘫痪，却急于了解和感知室外的一切。他对外面的一切充满了好奇和探索欲望。克劳夫发现了外面的人之后的恐惧表现了他对不确定事物的恐慌，在原本没有生机的茫茫荒原，一个突然出现的人就像是让他们看到了希望，小孩就是希望，所以他认真观察着。他想探身出去一瞧究竟，却停顿了下来，然后放下了望远镜。即便是借助望远镜，人们也无法看清这个荒诞的世界。被隔离、被抛弃、被囚禁和被遗忘的感觉深深地吞噬着哈姆。他期盼着外面的小孩是以摩西那样的目光看着他们，也暗示着有人能像《圣经》里"出埃及记"里的摩西一样，带领他离开这个囚室。但是在遭到克劳夫的否认后，他的希望一下子就落空了。克劳夫告诉他，那个孩子没有看向这边，他在看自己的肚脐。这时哈姆说："他可能已经死了"（70）。这句话让人想起尼采对"上帝已经死亡"的宣告。在哈姆的眼中，刚刚燃起的一线希望立刻消失了。他意识到不管自己处在多么艰难的生存境地，外面的世界都是冷漠无情的，对自己的境况毫不关注。贝克特用这种巧妙的方式反映了人对自己荒诞的生存状态的意识。

最后，《终局》的戏剧结构别具一格。贝克特将它设置成一部独幕剧，既不是循环模式，也没有对比效果。贝克特在开始就设置了一场接近尾声的残局，到戏剧结束却并未交代人物的结局。开始就是"终局"，结束时"终局"还没有结束，也没有新的起点。棋子没有落定，棋局还将继续。正如人当下的生存，没有过去，也没有未来。因为没有结局的结局也是一种结局，结局也是开始。

人生如棋，棋如人生。人在宇宙中处于模糊位置，对死的恐惧以及渴望获得绝对真理的本能使他们迷茫。戏剧的开始和结尾似乎没有多少变化，唯一的区别只是戏剧最终将这个生存的问题带给了观众。正如艾斯林（1961：98）所说："我们当今的西方社会缺乏人们普遍认可的伦理或哲学标准，因此当代戏剧只是提出问题，却不提供解决方案。"这种结局设计和《等待戈多》的结尾有异曲同工之妙，能够唤起人们对生命本质和生存方式的思索。

第四节 荒诞背后的真实：《克拉普的最后一盘录音带》

《克拉普的最后一盘录音带》是贝克特的暮年之思和夫子自道。这部戏剧带有强烈的自传色彩。贝克特通过对人生状态几近刻薄式的描写，让人穿过镜像的隐喻，从克拉普的回忆中看见层层叠叠的虚无和真实的自己。

这部戏没有繁复狭促的舞台设计，却有精确到令人吃惊的舞台指导。情节设定在将来的一个晚上，一个蓬头垢面、颜色苍白的老人克拉普，耳背、沙哑、高度近视、行动迟缓，在他69岁生日之际独自坐在桌旁，倾听着一盘他30年前生日时录下的磁带，开始了一段与过去的自己的对话。往事一幕幕被清晰地刻在了磁带上，他听到了一个自信的声音，一个充满希望的青年，然而在这样的声音中，他无法辨认出那就是他自己。当听到曾经的抱负和梦想时，他只能报之一笑。他也听到自己说起跟一个女人的关系。年轻的克拉普语气中满是冷静，此时的他却意识到她是自己的挚爱，失去了她，自己十分孤独，有一种刻骨铭心的空落感。剧中克拉普几次唱道："白日忽终结，缓缓近黑夜——夜，阴影——自晚间，潜行在高天。"其间还伴随着他断断续续的咳嗽。

在戏剧结尾，克拉普准备结束这盘录音带，因为他感觉自己一生中最美好的时光已经过去了。那时曾有过快乐的机遇，可是现在并不想要它们回来，因为现在他已心如死灰，心里没有那团火了。最后克拉普一动不动地凝视前方，任凭录音带空转。

荒诞与孤独是这部作品的主题之一，在一定程度上，克拉普独居一室，处于无人交流的状况，这体现了他的孤单与被隔离，同时影射了人类的孤独。克拉普因担心自己会忘记过去的记忆，才努力把它们记到录音带上，然而，他发现他不仅留不住必将逝去的记忆，留不住必将溜走的时间和幸福，他甚至无法通过重听过去的声音来唤起这段记忆。时间的流逝是生命的另外一种形式。也许，克拉普并不需要这段记忆，因为人生而孤独，过去的回忆丝毫无法减轻现在和将来的孤独感。

A.阿尔瓦雷斯认为这个剧本是对"刚刚过去的一年的回顾，记录了贝克特母亲的去世，夹杂着有关一个漂亮保姆、一条狗和一个皮球的回忆。还有一会儿工夫展现海边的夜晚，秋分时的暴风雨，这暴风雨和黑暗显然反映了他内心生活的实况"。①（A.阿尔瓦雷斯132）这不禁令人想到贝克特的个人经历。年轻时失去曾经深爱的表妹佩吉·辛克莱的那种无奈、母亲的死亡等，让他感到痛苦、孤独、无奈。

贝克特通过这部作品传递了一点：荒诞即真实，真实即荒诞。为了突出荒诞和真实的这种感觉对比，贝克特在创作时运用了时空对比的手法。比如他将故事设置在将来，声音叙述的却是过去。再比如他让"桌子和近旁笼罩在一束强烈的白色灯光下，舞台的其余部分则隐在黑暗之中"。②克拉普则坐在桌旁。贝克特还运用了成对的黑白反衬：黑球—白狗、白衣服—黑护士，比安卡（人名，有"白色"之意）—凯达（街道名，有"黑色"之意），以此制造一种冲突的意向。这种黑白分明的舞台背景似乎是为了告诉读者：聚光灯能点亮黑暗，却赶不走孤独。世界充满黑暗，死亡无处不在。克拉普就是身处在这样的世界里，形影相吊、无依无靠地独自存在着。剧中克拉普曾说围困在黑暗之中，他不再感到那么孤独了。这种自我暗示般的言不由衷恰恰体现了他的痛苦和世界的荒诞。

贝克特多次提到以往的午夜从不知如此的寂静，大地上仿佛渺无人烟。他用这种重复的手法来强化戏剧效果。关于水上情事的叙述录音也重复了三次，尽管录音的起始位置不同。还有克拉普重复的拉抽屉、拿磁带放磁带、拿香蕉放香蕉的动作和他重复唱的歌。贝克特通过动作的次数和语言上的重复来衬托无意义的荒诞人生，克拉普试图通过这些动作来减轻自己的孤独感和虚无感，让自己跟周围的一切相连接。然而他的这些声音和动作，包括被香蕉滑倒、跟跟跄跄走路、不断地咳嗽等，却恰恰反衬出他的虚弱无力、老无所依的生存状况。录音的暂停与继续、倒带快进、重复的聆听以及回声，

①A.阿尔瓦雷斯《贝克特》，第132页。

②见Beckett, Samuel. *Krapp's Last Tape and Embers*.London:Faber and Faber, 1959. 下文中对该小说的引用同此出处。

也是克拉普反复进行主体确认的过程。在听录音时，他时而感到陌生，时而赞叹，时而悲愤，最后说不想让它们回来。至此，克拉普在非我和主体自我问题上有了答案。可是在他面前的却是象征死亡的无尽的静默与完全的黑暗。

贝克特的荒诞艺术已远远超出了戏剧的范畴，上升为一个普遍、深刻的重要美学范畴。这一点就像悲剧、喜剧由戏剧现象上升为美学范畴一样。"在这样一个现在看起来是幻觉和虚假的世界里，存在的事实使我们惊讶，那里，一切人类的行为都表明荒谬，一切历史都表明绝对无用，一切现实和一切语言都似乎失去彼此之间的联系……"[1]

① 尤涅斯库，"出发点"，载于《外国现代剧作家论剧作》，中国社会科学院外国文学研究所外国文学研究资料丛刊编辑委员会编，中国社会科学出版社，1982年，第168—169页。

第五章 静默的艺术：贝克特的静止戏剧

  关于贝克特的静止戏剧手法，笔者早在十几年前在南京大学外国语学院何成洲教授的指导下就有初步了解，但鉴于水平有限，研究有待深入。也正是因为静止戏剧，笔者才开始接触、了解并深深喜欢上了贝克特的作品。

  著名的贝克特研究批评家马丁·艾斯林（Martin Esslin）曾经详细描述过贝克特戏剧里的静止手法，在他的作品"静止的剧场——贝克特的晚期戏剧作品"（"A Theatre of Stasis-Beckett's Late Plays"）中，艾斯林指出贝克特的晚期戏剧倾向于将所有的角色凝固在被束缚了的情境中，无法动弹、无法改变。他还重点研究了贝克特的晚期戏剧，尤其是他的独幕剧中用词的节省化策略。通过对贝克特早、晚期戏剧作品的对比，艾斯林认为在贝克特的静止戏剧中，作者把一些戏剧中普遍存在的常见元素用一种更散漫的形式集中表达了出来，形更散而神更聚。在《沉默的文学：亨利·米勒和塞缪尔·贝克特》（*The literature of silence: Henry Miller and Samuel Beckett*）一书中，作者以哈·汉森（Ihab Hassan）不仅将亨利·米勒和塞缪尔·贝克特各自小说里的静默技巧做了对比，还特别评论了贝克特戏剧作品里的静默艺术。在该书的后半部分里，汉森研究了贝克特如何通过极少的语言和动作将其静默艺术戏剧化。在《贝克特与哈维尔：沉默的拟人化》（"Beckett and Havel: A Personification of Silence"）一文中，作者杰克·弗里奇（Jack E. Frisch）仔细研究了贝克特如何将沉默作为剧场表现手段之一来创作。这些评论无一例外对贝克特作品中将静默艺术的运用作为重要的戏剧手段进行了肯定和高度评价。

不过，说到静止戏剧，它的鼻祖并非贝克特。静止戏剧可以追溯到 19 世纪比利时著名戏剧家莫里斯·梅特林克（Maurice Maeterlinck），甚至更早些。在追溯贝克特静止戏剧的起源方面，萨特克里夫（H. L. Sutcliffe）和玛格丽特·露丝（Margaret Rose）比上述评论家们多向前迈了一步。他们明确地把贝克特的戏剧与梅特林克的半成型的静止戏剧理论联系起来。在 1975 年发表的题为"梅特林克的《群盲》和贝克特的《等待戈多》"（"Maeterlinck's Les Aveugles and Beckett's En attendant Godot" 1975[①]）以及 1981 年发表的《贝克特和梅特林克》（"Beckett and Maeterlinck" 1981[②]）两篇文章中，萨特克里夫强有力地论证了贝克特戏剧对梅特林克的继承与发展。同样，在 1989 年出版的《象征剧传统：从梅特林克和叶芝到贝克特和品特》（*The Symbolist Theatre Tradition from Maeterlinck and Yeats to Beckett and Pinter*）一书中，作者露丝旁征博引，运用细节对比来说明贝克特如何在创作上成为梅特林克的继承者。

尽管已经有许多评论家认识到了贝克特戏剧中静默艺术的价值和突破，却很少有人深入系统地去研究为什么贝克特要在其戏剧作品中运用静止的手法，他是如何突破了梅特林克的创作局限，以及如何把梅特林克未能实现的想法完美地变成实践并给静止戏剧注入新血液的。本章将会从多个角度来重新审视贝克特的戏剧作品，来分析贝克特这位伟大的剧作家是如何将静止戏剧变成可能，并将其推向发展高峰的。

静止戏剧在贝克特创作时期达到鼎盛或许并非巧合。约翰·斯伯灵（John Spurling）曾经评论说："贝克特在等待这样的剧场，而这个剧场也在等待他。"（Fletcher: 22）梅特林克对贝克特的影响并不像对叶芝的影响那样直接。

---

① 文章参见《法国文学论文集》，1975 年 11 月，1-21 页。转引自 Patrick McGuinness's *Maurice Maeterlinck and the Making of Modern Theatre*（New York: Oxford University Press Inc., 2000），9.

②《法国文学论文集》1981 年 11 月，10-21 页。出处同上。

但贝克特却是第一个能够既全面又巧妙地解答梅特林克所提出的那些问题的人。也正是贝克特使得静止戏剧变成了可能,他把这一戏剧形式带到舞台上,完完全全颠覆了以往的戏剧传统。

说到这里,不得不探讨下以下两个问题:"到底是什么元素或特征使得贝克特的静止戏剧有别于其他类似的戏剧作品?""为什么说贝克特的戏剧作品是静止戏剧的顶峰?"在以下章节中,笔者将分别阐述贝克特静止戏剧的四大典型特征。

贝克特的静止戏剧中经常存在一些难以让读者轻松辨认或记住的人物形象,人物的动作也几乎被消解。几百年来用来衡量戏剧的所有标准几乎都被贝克特给颠覆了。故事不但无始无终,还经常说停就停,至于人物对话,像马丁·艾斯林在《荒诞派戏剧3》里提到的一样,"人物对话已经退变成没有实际意义的喋喋不休"。即使是表达人物的愤怒和惊讶,贝克特也采用同样的方式处理,竭力使对话语言简化再简化,以致沉默。

当《等待戈多》首次在舞台上演出时,许多观众甚至包括一些戏剧评论家们都深感震撼和困惑。但是,从表演的角度来说,贝克特的静止戏剧的确达到了想要的戏剧效果。诚然,从广义上说,对贝克特静止戏剧表演的研究应该也涵盖电影、电视、广播等其他媒体呈现形式,因为这些形式给了观众更多的观看自由,不过它们也拉大了观众和演员的距离。相反,剧院表演则不同。在剧院里,看戏的观众就坐在他们的座位上,跟着台上的演员们一起体验他们的表演。而这些台下观众的反应直接影响着台上演员的表演。也就是说,剧场表演是一种双向交流。剧场内的演员和观众之间的互动更直接、更有效。此外,贝克特的静止戏剧在表演时也巧妙地借助了灯光、音效、小道具、服饰等来更使静止和沉默更加戏剧化。

贝克特的静止戏剧是他的反动作艺术(countermotion art)的集中展现。尽管贝克特的静止戏剧与梅特林克的主张有相似之处,但实际上贝克特形成了自己的戏剧风格、一种新的戏剧思想，而且不论是从文本上还是从舞台表演上都取得了巨大成功。同荒诞派戏剧一样，贝克特的静止戏剧也是一块"反戏剧"（anti-theatre）的试金石。他的静默艺术恰如其分地表达了他对这个世界的看法。

在本章中，笔者还想谈一下贝克特静止戏剧中体现的哲学思想和美学价值。从《等待戈多》开始，戏剧评论家们和学者们就开始关注贝克特戏剧中的沉默、静止和虚无，但并未将其看作一种基本戏剧手法来研究，有的人甚至并未看到这些沉默和静止其实是蕴含着丰富意义的一种表达策略，相反，他们对"虚无"产生了更多兴趣，从实体论的角度把它看作是一种存在虚无主义的暗喻，来暗示我们人类生活最终的无意义。事实上，贝克特通过静默的艺术，表达更多的是对 20 世纪人们焦虑的一种关心。他的静止戏剧所揭示的一些问题是传统的，只不过他采用的表现方式是新颖的。宇宙中的普遍真理往往通过世俗中的日常经历来检阅。

其实，在贝克特的静止戏剧中，沉默不仅仅是一种戏剧手法，更是贝克特戏剧创作中的冰山一角，作品中没有通过动作和语言来传达的那些无数的思想动作才是潜在水下的大部分。贝克特的美学探索打破了戏剧传统，也在现代戏剧中创造了奇迹，在现代戏剧史上掀起了巨大波澜。

第一节 静止戏剧及其发展背景

在运用静止戏剧理论来阐述贝克特的戏剧作品之前，我们先来探讨一下什么是静止戏剧以及静止戏剧有哪些特征。文学史上有一些关于静止戏剧的描述，不过不够系统清晰，需要重新梳理和界定。

"静止戏剧"这个词最早出现于 19 世纪 90 年代（1894 年）比利时先锋派剧作家莫里斯·梅特林克的作品《日常生活中的悲剧》（"*The Tragical in Daily Life*"）一文。文中认为这是一种为灵魂而创作却超越灵魂的戏剧，它努力表达在枯燥的日常生活中人们内心思想中不可言传的那种体验。这种戏剧源自传统戏剧却又不同于传统戏剧。同时，传统戏剧和现代戏剧中静止的戏剧元素被挖掘出来，用以表现剧作家的思想。梅特林克从现有的伟大古典戏剧作品中巧妙地提取了一些戏剧元素，仔细进行重新分配，逐渐形成一种新的戏剧流派，并赋予它鲜活的生命力和显明易辨的特征。

自亚里士多德时期起，戏剧动作就被看作是戏剧的核心。许多个世纪以来，这一点一直被看作是传统戏剧创作的金科玉律，直到后来一些敢于创新的剧作家开始尝试打破这一律条。在众多具有创新性的实验中，应运而生的静止戏剧是饱受争议的先锋戏剧之一，因为它完全重置了剧场的重心。通过提出静止戏剧这一术语，梅特林克期待能够给现代戏剧带来一场崭新的运动。对他而言，"真正的戏剧正是始于传统戏剧遗忘的地方"（McGuinness 219）。传统戏剧，尤其是 19 世纪典型的情节剧，经常是由复杂的情节、密集的冲突、暴力的行为来推进剧情的。但是静止戏剧可以开创一条方向完全相反的创作道路。梅特林克认为"既然大多数人的生活远离刀光剑影和暴力流血"[1]，那戏剧创作就应把重点放在普通人的日常生活悲剧上（le trgique quotidien[2]）。换言之，他认为戏剧创作应该从亚里士多德式的动作剧情转到蕴含了丰富内涵的非动作剧情上，这样才能挖掘出平凡的人们在单调平淡的日常生活中的痛苦。这就是静止戏剧这艘大船驶离传统戏剧的汪洋大海时的指南针。

在静止戏剧中，戏剧家们想传达一种普遍的无法用言语表达的人生经历，即心灵的最终现实。这是一种表面看似平静，实则饱含深意的戏剧。戏剧的主题通常是关于人类的厌倦、痛苦和进退两难的生存处境。不能构成情节的

---

① 见梅特林克的 *The Treasure of the Humble*，第 166 页。在《梅特林克及现代剧场的形成》中也有引用（Oxford, 2000），第 215 页。

② 出自梅特林克 1894 的文章，意为"日常生活中的悲剧"。

动作往往会逐渐变成静止或沉默，人物也会陷入无法行动的状态。从结构来看，更是没有开头，也没有结尾，就像是一只皮球在原地迟缓地滚动。传统的语言不见了，取而代之的是被梅特林克称之为"第二种程度的对话"（"second degree dialogue"[①]）、戏剧独白、言语重复及即兴演说。此外，戏剧中还充满了停顿、间歇和长时间的沉默。

尽管静止戏剧这一理念由梅特林克提出并将其发展为受到广泛关注的戏剧理论，静止戏剧其实也从其他剧作家的经典作品中受益匪浅，包括古希腊悲剧、约翰·福德（John Ford）的复仇类悲剧，以及威廉·莎士比亚的戏剧。梅特林克认为，人们的日常悲剧元素已经存在于以往的传统戏剧中，但是需要把这些元素从中抽取出来，编织成新的戏剧形式。梅特林克早期戏剧的成功表明，他不仅仅把静止戏剧理论化到一个真空状态，还赋予了它得以在舞台上展现的能力。

但遗憾的是，梅特林克自己后来对他提出的静止戏剧的概念进行了怀疑和否定，认为那是自己由于年轻气盛而产生的理想的想法，是极不成熟的。对梅特林克而言，他无法回答下列问题：如果剔除了情节和动作，一部戏剧如何保持戏剧性？什么戏剧元素能让它保持戏剧性？在梅特林克的后期戏剧里，他完全颠覆了静止戏剧的构想，他的作品中的人物不停地交谈，最终他放弃了创作静止戏剧这一原本可以让现代戏剧走向新方向的伟大构想。

不过，梅特林克关于创造一个完全静止的剧场的理念却在其后的一百多年里鼓舞了数位著名的剧作家不断进行戏剧创作实验。比如威廉·巴特勒·叶芝（William Butler Yeats）的内在戏剧（Interior Drama）和安东·契诃夫（Anton Chekhov）的内向化戏剧（Inward-turning drama）就或多或少地受到了静止戏

---

① 梅特林克从易卜生的《营造大师》里看到的术语，意思是传达的不仅仅是说出来的字面意思，就像一部戏传达的不止是舞台上所"发生"的事件一样。参见《戏剧理论》，康耐尔大学出版社，1984, 296。

剧理念的影响。然而，让静止戏剧发展到顶峰阶段的作家还是贝克特。

安东·契诃夫的《三姐妹》、贝克特的《等待戈多》《终局》《啊，美好的日子》都是典型的静止戏剧。通过对比，不难发现，在贝克特的作品中，静默艺术达到了登峰造极的程度。

下面我们来看一下静止戏剧的定义、特征、从形成发展到成熟的过程以及它对现代戏剧发展的重大意义。

一、定义和阐释

毋庸置疑，静止戏剧的"版权"归梅特林克所有，但是静止戏剧这一说法是引用的多，争议也多。尽管今天这个说法并不新鲜，但时至今日对这一戏剧形式的定义仍然没有全面的、明确的权威版本。

《戏剧理论》（*Theories of the Theatre*）一书把静止戏剧定义为："一种关于内部心理动作及其反射的戏剧，这种戏剧通过最简单的方式来揭示人物的心理，是一种否定自亚里士多德以来的动作重要性的理想。"（Carlson 296）但是，在《莫里斯·梅特林克和现代剧场的形成》（*Maurice Maeterlinck and the Making of Modern Theatre*）一书中，帕特里克（Patrick McGuinness 218）从两个方面对这一理论进行了阐述："首先，它是对传统戏剧的反叛。其次，这一戏剧力求展现传统戏剧所赋予了一定形式的某种生活理念，进而提出一种崭新的悲剧哲学。"这两个方面既相互关联，又有所不同。"一个是实践的，另一个是理论的"（McGuinness 218）。在对静止戏剧的描述上，前一个定义主要关注的是"形式"，而后一个强调的是"主题"。相比之下，在《迈科格鲁·希尔世界戏剧百科全书》（*McGraw-Hill Encyclopedia of World Drama*）一书中，形式和主题都被考虑到了。这本百科全书把静止戏剧定义为"一种为打破 19 世纪典型情节剧中纷扰密集的情节和动作的尝试，以此唤起悲剧的本质，即灵魂的神秘活动"（Hochman 257）。关于形式，这一描述与《戏剧理论》里的定义如出一辙。二者都指出了静止戏剧对外部动作的减少和限制，二者都发现这种新的戏剧文体是由对无动作和静止状态的关注演化而成的，而不是由对情节和动作的关注发展而来的。这一戏剧跟马丁·艾斯林所说的"情境戏剧，即反对以一系列事件为重心的戏剧"① 有极大的相似之处。关于主题，霍克曼（Hochman）书中的定义跟 McGuinness 的提法一致，即静止戏剧把对悲剧的关注转到了日常生活上。二者都认为静止戏剧表达了人们日常生活中隐晦的部分：精神的重心。

　　除了上述定义和描述之外，梅特林克本人在《日常生活的悲剧》一文中也非常细致而具体地描述了他关于静止戏剧的半成型理论。他创造了一个不引人注目的角色：一位老人，静静地坐在扶椅中，耐心地等待着，在一旁陪伴他的还有他那盏灯（Hochman 257）。尽管这位老人一动不动，梅特林克却认为他所生活的现实远比那些崇高伟大的英雄更深刻、更真实。在《日常生活的悲剧》一文的开篇，梅特林克说："在我们的日常生活中，有这样一种悲剧元素，比起那些存在于伟大的冒险中的悲剧，要更加真实得多，更加具有穿透力，也跟我们真正的自我更加相似。"（Brandt 116）。梅特林克急切地想把普通人引入到这种神秘的体验中，在舞台上把沉默呈现出来，赋予它戏剧力量。这也是他想创作静止戏剧的动力。在梅特林克看来，在那些伟大戏剧的构成元素中，无论是优美的语言，还是饱满的情感，都远远不如那种掌控和操纵人物命运的神秘的未知思想及其表现形式重要（梅特林克97）。在此，梅特林克虽然提到了"神秘"一词，但是实际上他所坚持的观

---

　　① 戏剧作品的构成要素之一。戏剧中用以表现主题的情节及境况，反对以事件为中心。18世纪法国的美学家、戏剧理论家 D. 狄德罗在提倡严肃剧（即正剧）时指出，在过去的喜剧中，性格是主要的对象。在严肃剧中，情境却应该成为主要的对象。戏剧作品的基础应该是情境。德国美学家黑格尔则把情境看作是各种艺术共同的对象，只是在不同的艺术中有不同的要求。他在讨论戏剧的特性时，把情境、冲突动作联系起来，构成一个完整的内容体系。在现代戏剧理论中，有人则进一步把情境看作是戏剧的本质所在。See Martin Esslin's *The Theatre of the Absurd*（Harmondsworth: Penguin, 1968），393.

点却恰恰相反。梅特林克认为感知之门是向每一个人敞开的，尤其是在日常生活中。梅特林克试图在戏剧中展现人们难以感触到的无形的思想上的细微差别，这一点当时在戏剧领域是彻底的创新。但是，在形成静止戏剧完整理论之前，梅特林克反复考虑一个问题，即如何在保留戏剧舞台效果的前提下将戏剧动作去除或重新安排。为了解决这个问题，他采用了一种称为"第二种程度的对话"（dialogue du second degree）^①的语言方式，这种对话的目的完全不是推进情节的发展。

综上所述，静止戏剧是一种19世纪90年代中期由梅特林克提出的反戏剧，旨在颠覆长久以来的戏剧传统和规则，挖掘出普通人日常生活中的悲剧性，阐明他们生存的精神维度。静止戏剧用内部心理动作取代了外部动作、用情境取代了事件、用静止的场景取代了情节。人物的对话也被减少到最低程度——停顿，打手势，甚至沉默。这种内向化的戏剧揭示出了在静止的形式下隐藏的，以及在没有言说的语言中所表达的东西。

二、静止戏剧的特征

与传统戏剧相比，静止戏剧在主题、动作、情节、结构和语言方面有所不同。静止戏剧是一种纯粹状态下的戏剧。它没有传统戏剧中的一系列突发事件和环环相扣的情节。戏剧中的人物处于一个固定的场所，在那里，也有一些已经安排好的事件，但是即便这样，这些事件有时并不会发生，而是处于等待的状态。这些缺失的动作和情节在静止戏剧中通过手势、沉默和第二种程度的语言表达了出来。

梅特林克把静止戏剧的主题分成了两个方面：首先，人与世界的对抗，在面对世界时探寻时间与死亡的奥秘；其次，人面对人，探索人性及人灵魂深处的内在感受。贝克特的《等待戈多》就是最典型的例子之一。在这部戏

---

① 英语即"second degree dialogue"。

剧中，人们遭受着双重痛苦，一是人类的悲惨处境，即在这个世界上存在的无意义，二是人与人之间无法交流的痛苦。贝克特把人们等待时的内心状况刻画了出来。在这部作品中，等待变成了一种戏剧表达方式，呈现了"人们对一种未知的、无形的、时常带来毁灭性的力量的感知和对抗"（McGuinness 231）。剧中的弗拉季米尔和埃斯特拉冈厌倦了等待，厌倦了戈多，厌倦了他们日复一日等待的地方，厌倦了彼此，也厌倦了那个未知的、不知何时才能到来的明天。等待是静止戏剧经常使用的主题之一，剧中人物的动作活动和交流都是围绕等待的主题展开。也正是在这里，"人类及其命运的沉默悲剧"①找到了其主题关注。

在一部静止戏剧中，貌似真实的情节串联为静止所取代，从感官上说，外部动作也受到了抑制。表达的模式就是毫无动作、停滞不动，而且反复出现，被不断强化。这些静止的背面隐藏着一种看不见、听不见、摸不着的力量。这种力量就存在于外部动作之间，或隐藏在外部动作之下。简言之，如果我们把一部戏剧比作一棵植物，那么这棵植物大部分是在默默生长，当一些遮挡物和障碍物被去除后，我们就可以轻而易举地注意到它。在平静的表面下默默发生的那些变化，正是梅特林克所说的静止戏剧的主要特征之一：无形原则。②也就是说，静止戏剧中的有些动作实际上不是被废除了或取消了，而是被重新放置了。一方面，我们可以把它看作一种缺失；另一方面，它是"一种集中，一种浓缩，因而也是使戏剧具有戏剧性的一种最大程度的紧张"（Esslin 194）。

静止戏剧的另一个特点就是循环式的结构。这个循环结构既包括文本结

①梅特林克用这个短语来表达他的静止戏剧的主题。见 *The Treasure of the Humble*（Paris: Societe du Mercure de France, 1898），164.

②梅特林克试图建立一种揭示戏剧动作隐藏内涵及无形发展的戏剧，这种戏剧以反对可见的逻辑连贯的动作和人物安排，试图颠覆传统戏剧情节和心理为原则，也被称作"看不见的原则"。参见《莫里斯·梅特林克和现代戏剧的形成》，牛津大学出版社，2000年，第42页。

构，也包括句子结构，就像是挂着双拐骑在一辆没有链条的自行车上一样。静止戏剧在哪里开始，就在哪里结束，表面看起来似乎毫无进展，而且跟不断出现的主题一样，这些无动作的动作看似毫无逻辑。事件是重复的，语言也是重复的。从句法上看，有时感觉句子也毫无意义，十分荒诞。贝克特的《等待戈多》和《啊，美好的日子》都是采用这种循环式的结构。在这两部剧本中，都有互相对称的两幕，同样都是对缺场的表达。两部剧都强化了人类荒诞处境的主题，不知道所处何处，不知道将去往何方，但是却在继续着。

从人物的语言方面来看，除了必要的对话之外，静止戏剧中还有另外一种语言，那是"灵魂会仔细聆听的唯一一种语言"（Brandt 119），就是梅特林克提到的"第二种程度的对话"，这种语言不同于可以言传的对话，它开启了人物内心世界的一扇大门，暗暗指向人们没有注意到的地方。它推翻了传统戏剧中语言和行动共同架构的堡垒，也打破了语言及其产出的意义之间的关联。这也可以解释为什么在许多静止戏剧中人物所说的话跟他们所做的动作毫不相干。这第二种程度的对话可能看似肤浅，实际上蕴含着深刻的暗示性力量。正如表面的无动作掩盖了实际的内部动作，看似不重要的语言下隐藏了重要的戏剧性功能。此外，从语言学上看，静止戏剧的特点是大量使用省略、重复、停顿及支离破碎的句子，类似于婴儿般的语言，这些在《等待戈多》中都有体现。在静止戏剧中，无论是表达性的语言还是非表达性的语言，都是不可或缺的。

三、起源与历史

对 19 世纪、20 世纪的现代戏剧来说，静止戏剧的形成和创作实践无疑是重要创新。但是静止戏剧这一概念并非是梅特林克真正完全原创的，它的历史可以追溯到古希腊时期。

实际上，在古希腊悲剧和雅各布式的复仇悲剧（Jacobean revenge tragedies）中静止戏剧就已经存在了。埃斯库洛斯（Aeschylus）的有些悲剧，比如《普罗米修斯》（*Prometheus*）和《乞援人》（*The Suppliants*）就被看作是几乎不动的戏剧，也是"日常生活的悲剧"的重要启蒙。在这些悲剧中，外部动作看似十分必要，实际上被缩减到了一定的程度。"即便在《俄狄浦斯王》这部作品中，主题事件也被削减，以最简单的日常生活的悲剧形式来展现出来"（Brandt 118）。欧里庇德斯（Euripides）的《特洛伊女人》也是静止戏剧的始祖之一。剧中有一长段的哀悼，剧作家采用的非传统的戏剧方式，对当时的观众而言无疑是一种震撼，一方面使其理性化，另一方面强化了其悲痛的情感。在约翰·福特（John Ford）的复仇悲剧《很遗憾她是一名妓女》（*'Tis Pity She's a Whore*）中，梅特林克也看到了静止、纯真的爱和内心的平和等戏剧元素。更重要的是，这部作品中，血腥的杀戮和人物内心的心理转化共存。后来，梅特林克受这部作品的启发，将它改写成了另一部作品《安娜贝拉》（*Annabella*），在其中引入了他基本的戏剧观念和戏剧理论。

静止戏剧的形成也得益于伟大的英国戏剧大师威廉·莎士比亚的经典作品。在《哈姆雷特》和《麦克白》中，莎士比亚对人物灵魂力量的刻画入木三分，尤其是当明晰简要的语言无法表达人物的情感，而主人公也不能快速做出决定时。就像哈姆雷特的优柔寡断、犹豫不决，麦克白夫人内心的极度恐惧，都引起了梅特林克的极大关注。这些剧中经常出现的、难以被察觉却有预见性的沉默具有巨大的力量，"通过精神的边区地带"[①] 传达给读者和观众。这正是梅特林克所孜孜不倦地学习的地方。受到这些作品的影响，他开始专注于研究如何来表达和展现这些静止的场景和微弱的声音。

对梅特林克有重大影响的剧作家除了上述几位，还有挪威著名的现代戏剧家亨利克·易卜生（Henrik Ibsen）。正是在易卜生 1892 年出版的作品《营造大师》（*The Master Builder*）中，梅特林克第一次发现了"第二种程度的对话"。它不仅打破了语言和动作之间的关联，也打破了语言和语义之间的关联。梅

---

① 参见 Bliss Carman's "The Modern Athenium". *Boston Evening Transcript*, July 17, 1897.

特林克后来把它引入了静止戏剧中。读了《营造大师》之后，梅特林克说："我认为，希尔达（Hilda）和索尼斯（Solness）是最早有那么一瞬间能感知到自己生活在灵魂的包围下的人物。"（Brandt 120）而且在易卜生的戏剧中，他经常塑造一些过着平凡生活的普通人。南京大学外国语学院何成洲教授曾经评论说这是易卜生对现代戏剧的重要贡献之一。易卜生也擅长将剧情发展集中到某一个重要时刻，而且"勇敢探索现代戏剧的'第三帝国'，即人类的精神领域"（He 131）。从这个意义上说，梅特林克对日常生活的悲剧的强调跟易卜生的戏剧化语言是密切相连的。

在上述提及的戏剧作品中，梅特林克发现了比如静默、无动作等戏剧创作所需的要素。他认为这些要素需要被重新分配。得益于这些创作素材，梅特林克开始尝试形成静止悲剧的创作理论。在他的早期作品《盲人》（The Blind）和《入侵者》（The Intruder）之后，静止戏剧的理论开始慢慢成形。由于这一理论，一位法国戏剧评论家曾经把梅特林克称作"比利时的莎士比亚"。静止戏剧特别强调静止和内向化，用不动的舞台造型和静态画面取代了传统的动态事件。静止戏剧捕捉到了不受时间影响的永恒时刻，让观众跟着一起感受那冥想状态下的精神世界里不可言喻的神秘。这种形式的戏剧中，身体感觉与直觉有着密切关系，而直觉又将人引入难以用理性来解释的精神世界。

20世纪初梅特林克的戏剧达到鼎盛时期，此后他在现代戏剧界的影响力慢慢减弱，但是他提出的创作静止戏剧的理念却对后来的现代戏剧家产生了普遍而深远的影响。梅特林克曾指出人的精神跟人的身体一样，是具有感觉的。这一说法给后来的戏剧家以巨大的启发，对安东·契诃夫的内向化戏剧的形成也有重要影响。在契诃夫的《万尼亚舅舅》和《三姐妹》中，转化后的内心动作甚至比我们看到和听到的更有力量。对于神秘剧，"契诃夫认为易卜生的后期作品及他的那些有预言意义的神话缺乏戏剧性，十分枯燥"

（Barricelli 162）。从这个意义上说，契诃夫绝对是梅特林克的热情而坚定的拥戴者，他把梅特林克的早期戏剧当作自己创作的典范。

此外，梅特林克提出的静止戏剧的想法也影响了威廉·巴特勒·叶芝（William B. Yeats）及塞缪尔·贝克特的荒诞派戏剧。更重要的是，正是在贝克特的作品中，静止戏剧这一具有创新意义的戏剧形式才发展起来，达到顶峰。

四、贝克特对静止戏剧成熟化发展的贡献

贝克特曾经宣称："艺术发展的趋势不是广泛化，而是收缩化。艺术就是孤独的神化"。（Hassan 113）贝克特是一位勇敢的天才，他开辟了以前很少有人关注的戏剧领域。他有惊人的眼光和远见，他能发掘一种不同寻常的戏剧技巧，来展现人精神世界中神秘的部分，而这些部分即便用微妙的语言也难以表达。贝克特在自己的静止戏剧中设计了完全不动的人物形象，将他们固定在一个狭窄的难以活动的范围和空间内，甚至干脆不让他们活动，重点表现人物的内心，这一点是具有独创性的。

贝克特的静止戏剧手法与梅特林克的理论一致，其在这方面的成就甚至大大超越了梅特林克。在贝克特的静止戏剧中，人物常常是有些病态的寂静的沉默者、瘸子、虚弱无能的人还有激进的绝望主义者。他们精神冷漠，得不到救赎。他们长久地静默，进入死亡，如同永恒的音符。在这一点上，贝克特作品中与世隔绝的人物，完全内化的动作比梅特林克的作品离静止更近了一步。梅特林克曾经说："自己不知道静止戏剧能否成为真实的可能。"（Gassner 201），贝克特替他解答了疑问，将他的理想变成了现实。

非常遗憾的是，梅特林克后来错误地判断了他最初的想法，并放弃了原本可以为他另辟蹊径的静止戏剧的创作理想。1913 年，在给一位戏剧理论选集的编辑写信时，梅特林克完全否认了他曾经提出的静止戏剧的想法，这原本是他对现代戏剧的巨大贡献，但那时他却说静止戏剧"只是自己年轻时的

一种热情"（McGuinness 6）。对梅特林克来说，他毁在了修辞方式上。他的作品中的人物之所以不能揭示自己的内心世界，是因为他们忙于交谈。但是贝克特在作品中打破了这些限制，他让戏剧人物保持沉默，让观众去倾听和感受那些戏剧人物未能说出来的话。即便是说出来的句子，也是一方面掩饰人物的内心，另一方面揭示了他们的内心，表面看人物是平静的，实际上他们的内心却不是。在他的静止戏剧中，贝克特将哑剧般的表现手法强化到了极致。剧中人物的一个手势，甚至一个眼神都能抓住观众的心。这也是贝克特静止戏剧中最厉害的戏剧手法之一。

在贝克特的静止戏剧中，人物的拙于辞令、只言片语、无助的重复、停顿、欲言又止，所有这些写作风格都与梅特林克的静止戏剧理论一脉相承，同时又具备了自己的特点，不论在文本创作中还是舞台表演中，都形成了自己的风格。贝克特绝不是简单效仿梅特林克的静止戏剧，他的作品有自己的新主题、新语言、新的充满活力的戏剧手法。他把静止戏剧发展到了一个新水平。

第二节 贝克特静止戏剧的完美艺术

1953 年《等待戈多》成功上演后，贝克特就被看作是继梅特林克之后的静止戏剧大师。在《等待戈多》及接下来出版的《终局》《啊，美好的日子》里，贝克特将静默艺术展示得淋漓尽致。他的静止戏剧手法开创了戏剧革新的新纪元，这也使他在现代欧洲戏剧界占据了举足轻重的地位。

贝克特的戏剧创作风格自由且神秘。他在自己的静止戏剧作品中采用了悲喜剧的体裁，但不同于传统的悲喜剧。《等待戈多》这部作品的副标题就是《一部两幕悲喜剧》。之所以说贝克特的悲喜剧不同于以往的传统作品，是因为在传统悲喜剧中，主人公一般都是身负光荣艰巨的历史使命，历经千难万苦，为实现目标而不懈努力。但在贝克特的作品中，既没有令人满意的问题最终得以解决的那种皆大欢喜，也没有主人公因此得到精神救赎的那种释然和欣慰。在他的作品里，戏剧人物宁可选择无止境的枯燥的等待，也不愿去面对别处的不可知的危险。在他们等待的过程中他们无事可做，于是用各种方式来打发无聊，做些毫无意义的事情，比如交谈、睡觉、互相攻击、玩帽子等。因此剧情看起来毫无发展，似乎静止了一般。

贝克特风格的静止戏剧将悲剧和喜剧以一种全新的方式揉合在一起。就像《终局》里的耐尔说的："没有什么比不幸福更滑稽的了"[1]。为了将这种不幸福感确切地传达出来，贝克特在他的静止戏剧中采用了许多手法，比如杂耍、出丑效应[2]及黑色幽默。

在这种"玩耍性与认真性共存的"（McCarthy 148）情况下，贝克特将人类存在的意义和无意义这一基本问题细腻地表达了出来。在他的作品里，人们常常是独处在一个与周围世界格格不入的被隔离了的环境里。在这个世界上他们感觉十分无奈、毫无办法、无处可去。他们做着机械重复的动作，剧中没有一个集中展现的情节，也没有推动情节发展的任何动作。戏剧以"圆圈型模式而非直线型模式展开"（Roche 6），而这种循环式的静止往往通过重复来展现。而在语言上，贝克特采用了逻辑上模棱两可的遁词、不完整的节奏及第二程度的语言，创造出了一种独一无二的语言风格。在他的戏剧中，沉默也是极其重要的手法之一，具有戏剧性和深深的意蕴。有时候每一幕戏里都有沉默，而且这种沉默有着巨大的"回声"力量以至于让人忽视语言。这些戏剧化的沉默，成了贝克特一种"自我最终表达"（Wolosky 180）形式的语言。

不得不说，贝克特是个天才，他能够表达"无法表达的"、言说"不可言说的"、界定"难以界定的"。他这种表达不可能的艺术（The art of the

---

① 见《终局》，New York: Grove Press, 1958, Line 542. p.18. 关于本剧的其它引文均出自此书。

② 英文说法 pratfall，一种喜剧手法，戏剧中舞台小丑的逗笑坐跌动作。用来传达出人意料的痛，常用于戏剧化的自嘲和讽刺，小小的出丑会使人物的吸引力进一步增加。

impossible）正是他的美学标准的体现。他曾写道："现代艺术，应该打破呈现方式的局限，即便事物本身不具备表达性。（Omer 5）"在这个方面必须承认贝克特做得非常成功。他努力提倡"反形式"的创作思想并将它用到静止戏剧中。我们既不能否认贝克特静止戏剧具有的价值，也不能忽略它们会对年轻一代作家产生的影响。

为进一步了解贝克特的静止戏剧艺术，下面我们从主题、动作、结构和语言四个方面来具体分析他的静止戏剧中最显著的写作特征。

一、重复出现的主题

静止戏剧往往都不会表现强烈的戏剧冲突，没有人物因深陷冲突而大动肝火的场景，也不会通过故事叙述或绘声绘色的表演进行道德说教或灌输某种社会哲理。相反，这类戏剧是反事件、重情境的。它揭示的是人在宇宙中的特殊地位这一最该探索的根本哲学问题。艾斯林在他的作品"静止戏剧"（198）中说这种戏剧主题就是"关于我们存在的一些基本问题"。在贝克特的戏剧中频繁出现的正是同样的主题。戏剧家们通过这些主题来影射自己在现实人类社会里的体验和感受，描述人的本质与完整形象。如同梅特林克对静止戏剧的划分一样，这些主题大致也可分为两个方面：一是人与宇宙的关系；二是人与人的关系。

贝克特的静止戏剧的核心就是人类面对宇宙瀚海和无情世界时的无助和孤立无援的处境，尽管这种处境有时是难以描述的。茫茫宇宙是物质世界，不依赖于人的意志而客观存在。萨特曾认为只有一种痛苦，那就是孤独。当希望和绝望不断交替，人类在荒漠的深渊里生存，那种无从逃避无法选择的无奈和无可救药的放逐感会让他们无所适从。黯淡的沉默也好，无聊的自娱自嘲也罢，也许就都顺理成章地变成了他们消除存在危机感的方式。

这一最重要的主题也反映了贝克特的哲学立场。贝克特深受存在主义哲学思想的影响。在他的戏剧里，他十分关注人类的现实处境和前途命运。生命有时超出人类理解的理性范畴，贝克特在他的戏剧中刻意营造出了现代人面对决定性力量时的那种无望挣扎和无逻辑状态，至于人类的前途和出路是什么，即便在有些戏剧的结尾，也依旧无解，只留给读者深深的思索和一片唏嘘。马丁·艾斯林曾说人类的这种处境就像是"一个人在一艘向西行驶的大船的甲板上往东走"（艾斯林 272），人类对命运的微弱抗争注定是徒劳的悲剧，人类也无法控制这个无情又无望的世界。因此，他们内心充满了孤立感、孤独感、恐惧和绝望。人类的这一处境在贝克特的《终局》里特别明显。在这部作品中，在看似平凡的人物和不朽的宇宙之间展开了一场博弈。就像希腊神话里的西西弗斯 ① 一样将巨石推上陡峭的山坡，待巨石滚下后再做重复的动作，永无止境。国王哈姆统治的是一个毫无生机、奄奄一息的空城，他的权威也变得毫无意义可言。在这盘棋里，他已经丧失了自己这方所有的棋子，被对方将了军，彻底失败。将军暗指人类的生存处境，苟延残喘却无子可动的将死状态。存在就像这棋局一样，不到最后无法预知自己是赢家还是败者。即便死亡迫在眼前，仍然想竭尽全力争取多活一天。由于处境难以改变，尽力生存的举动因此有了悲壮的英雄气概。

德国哲学家马丁·海德格尔认为人是被抛入这个世界中的，人没有办法选择、拒绝或改变自己的出身。他曾说："人的处境，就是在那里"（McGuinness 173）。正是这种"在那里"把《等待戈多》里的弗拉季米尔和埃斯特拉冈给禁锢在了原地。"存在，对于贝克特来说，意味着看着一个人自己如何努力生存"（Jacques Guicharnaud 220）。在《等待戈多》里，埃斯特拉冈说："我

① 西西弗斯（Sisyphus）是希腊神话中的人物，科林斯的建立者和国王。他曾一度绑架了死神，让世间没有了死亡。因触犯了众神，受到惩罚，被要求把一块巨石推上山顶，而巨石太重了，每每未上山顶就又滚下山去，前功尽弃，于是他就不断重复、永无止境地做这件事，因为诸神认为再也没有比进行这种无效无望的劳动更为严厉的惩罚了。西西弗斯的生命就在这样一件无效又无望的劳作当中慢慢消耗殆尽。加缪在他的同名作品中用这个故事暗指人类的处境。

们总能发现什么，能给我们一种存在感，不是吗，迪迪？"①剧中的两个人陷入了生存的两难处境。在尝试自杀失败以后，不得不在无尽的等待中忍受着世界的毫无意义和荒诞不堪。等待因此成了人的一种状态，是一种既接受生存也接受死亡的状态。人类个体只不过是自然界中生死链里短短的一环。尽管人们有时惧怕死亡，但死亡也只是伴随在每个人身上的一种木质的可能性。海德格尔曾把人类的存在总结为"向死而在（Being-towards-death）"，就是说，人的每一天的生存都是在死的可能性之上的展示。《等待戈多》中的人物随时间变得越来越虚弱，因此在这部剧中时间给人带来了双重惩罚，时间使痛苦长久不休，也冲淡了它。在这个意义上，《终局》更近了一步。当克劳夫和汉姆等待死亡来临时，就像是等待世界末日来临一样。在戏剧的开始，克劳夫说："结束了，一切都结束了，快要结束了，一定是快要结束了。"（32）在死亡的边缘，哈姆呐喊道："你在地球上，所以你无可奈何。"（2333-34）

　　贝克特静止戏剧里强调的第二个问题就是人们之间无法改变的关系。贝克特塑造的流浪汉或小丑有自己的个性，但这些个性是通过人与人之间的关系获得的，而不是通过动作。贝克特戏剧里的人物关系，包括主人和仆人、丈夫和妻子、父母和儿子，都既表现出残忍的一面，又显示了他们相互依存的特点。他们遭受着上帝缺失状态下的人类孤独，除了指望彼此，他们没有别的更好寄托。《等待戈多》里面，埃斯特拉冈和弗拉季米尔从他们的共同等候里获得的安慰要远比戈多可能带给他们的希望大得多。他们这种成对互补、一方控制一方服从的关系，呈现出一种麻木的近乎病态的依存性。埃斯特拉冈对弗拉季米尔说："咱们两个人之间的关系处得还不错，是吗？"（2.461-62）对他们两个人来说，一方之所以有意义，正是取决于另一方的存在，他们二人不可分割。早在 1961 年出版的《法国现代戏剧：从季洛杜到贝克特》

------

①《等待戈多》第二幕，第 464-65 行，第 45 页。关于本剧的其它原文引用也出自此书。

一书中，作者雅克（Jacques Guicharnaud）就很好地描述了贝克特剧本中的人物关系："人的处境既不能通过他与别人的相处来界定，也不能通过他在人际关系中的完全缺失来界定，而是通过他在两个极端之间的波动来界定。通过与别人沟通时连接的断裂和长久独处时为摆脱孤独而做的努力来评判"。（Hassan 199-200）

　　毫无疑问，贝克特在剧本中刻意安排了这样成对出现的人物，来揭示人们之间的相互关系。贝克特还提到，《终局》里没有行动能力却可以发号施令的哈姆和能自由行动却听命于哈姆的克劳夫的关系就是现实中的贝克特跟妻子之间关系的映射：一种长久以来有过冲突的爱恨交织的关系。

　　对贝克特而言，展现人根本的孤独是艺术的任务之一。静止戏剧只是提供了一种途径让剧作家们更好地传达人们内心深处的这种孤独。贝克特将自我作为起点，将自我意识作为写作的主题，这一点是非常明智的。他的好多戏剧都是自我的反映。虽然从来没有清晰或直接的关于人类出境的描述性话语，但是每一个读者和观众都能从中体会到那种普遍的不可言说的人类生存状态和人际关系。所以贝克特说："我的创作，不是关于什么，而是它本身就是什么。"[1]

二、无动作的动作

　　静止戏剧是关于某一时刻的戏剧，简短、不停歇，将观众约束在一个不能忍受的狭小空间里。戏剧中不仅有不确定性和悬而不决的问题，还有一动不动的人物。

　　在第一节里笔者曾提到安东·契诃夫不借助外部动作就可以使人物的情感和思想变得戏剧化。他认为，在颠覆了古典戏剧"情节整一性"[2]的文体

---

　　[1] 贝克特在一篇关于乔伊斯的文章中如是说。见 Shimon Levy 的《贝克特戏剧中的自我所指》，麦克米兰出版社，1990 年，第 1 页。

　　[2] 亚里士多德提出的说法，被看作是古希腊悲剧的基本原则。

原则后，现代戏剧仍然可以符合黑格尔的"戏剧体诗"原则，因为现代戏剧的人物不是处在"自在"的状态，或史诗状态与抒情诗状态相并立的状态，而是处在"零行动"状态。"零行动"，不是没有行动，而是指行动为"零"，即人物能够强烈地意识到自己的生活意义和生存状态，但没有办法，没有能力采取行动去实现自己的意志。这一点在契诃夫的《三姐妹》中表现得非常突出。剧中没有一贯到底、完整、突出的中心事件，也没有众所拱卫的中心人物和明显的外部冲突，人物常常整幕地坐在那里喝茶聊天，剧情仿佛凝固了一般，非常接近梅特林克的静止戏剧。

与契诃夫相比，贝克特的静止戏剧对传统戏剧情节整一性的挑战则更具有颠覆性。贝克特敏锐地意识到：随着时代和社会的变迁，传统的戏剧创作在表现现代人的生活及情感方面已经捉襟见肘，并且传统戏剧原则也不是神圣不可侵犯的金科玉律。恰恰相反，艺术创作正是一个突破前人、不断创新的过程，而在这一过程中，他形成了自己极具个性的戏剧风格。

如果说契诃夫的戏剧拓展了戏剧性的含义——内在的戏剧性，将外部冲突弱化，以腾出空间时间来展现人物的心理活动。那么贝克特的戏剧就是更彻底的变革。他不注重戏剧的外部动作，不着意表现人物的外部矛盾冲突，也不刻意展现人物丰富复杂的内心世界。贝克特在实践上对古典戏剧"情节整一性"文体原则进行了彻底颠覆。

亚里士多德的情节整一性原则注重情节的发生发展，结构的"完整与一致"，认为："一个情节，就其内部关系来说，是环环相生的合乎逻辑的因果关系，一个戏剧动作一旦发生，便不停歇地根据因果逻辑导致一个接一个新的戏剧动作，直至结局；就其外部关系来说，它相对独立完满，拒绝任何不能与之建立逻辑关系，推动其发展的附加成分……在情节结束之后，作为'蛇足'而存在。"[①]情节整一性原则是欧洲传统戏剧最基本的

---

① 转自吕效平《戏曲本质论》，南京大学出版社，2003年，第71页。

原则。它追求情节的单纯化，认为戏剧应该围绕一个核心冲突组织情节，使情节达到戏剧性的强度，同时重视情节结构安排的纤细、精巧、紧凑，一气呵成。该原则主张情节先于性格，认为"剧中人物不是为了表现性格而行动，而是在行动的时候附带表现性格"。①人物应该始终行动着，通过行动来表现其性格。

但是贝克特的静止戏剧里几乎没有行动或动作，彻底打破了古典戏剧创作要求的桎梏，实现了现代戏剧的一个重要革新。其实，在反对情节整一性方面，早在以左拉为首的自然主义作家提出的"把摹仿贯彻到底"的口号中就表现出了对情节制造的颠覆。但左拉提出的这种摹仿是指摹仿客观的自然。莱辛后来提出也要"摹仿我们的感情和精神力量的自然"②，在实践上就表现为契诃夫的表现人的内心的现代戏剧。到了贝克特的静止戏剧，人物的刻画就完全不是通过情节，而是通过无意义的断断续续的对话和"静止动作"表现出来。完全没有激烈的外部行动，有的只是一声叹息、一句未说完又吞回去的话、一次沉默无言、一次停顿，或者是一个无意义的机械动作。

贝克特的静止戏剧还打破了情节整一性原则的另一个主张，即情节的完整，也就是亚里士多德所说的"有头、有身、有尾"③。情节需有起因和结局，即开头提出问题，然后情节发展至激烈的冲突高潮，最后一定有个结局，问题得以解决。但是贝克特的作品里要么没有情节，要么情节没有系扣，也没有解扣，正如生活没有起点和尽头。外部剧情发展松散缓慢，不动声色，没有精巧的悬念和迭起的高潮，情节结构支离破碎，剧情"不仅缺乏外部变化，

---

① 见亚里士多德的《诗学》，罗念生译，人民文学出版社，1982 年，第 21 页。

②《汉堡剧评》第七十篇。该篇主要谈艺术不能够仅仅模仿自然，而且要"模仿"人的心灵。上海译文出版社，1981 年，第 358、359 页。

③ 亚里士多德在《诗学》中说"所谓头，指事之不必然上承他事，但自然引起他事发生者；所谓尾，恰与此相反，指事之按照自然规律或常规自然的上乘某事者，但无他事继其后；所谓身，指事之承前启后者。"见《诗学》，人民文学出版社，1982 年，第 25 页。

而且仿佛否定变化，有意强调出生活过程的不变一样"（苏·叶尔米洛夫，1985：224）。在作品的结尾，问题也没有得到完美的解决。

那么为什么静止戏剧里的人物缺乏传统戏剧里的行动或根本无法采取行动呢？亚里士多德认为"幸福与不幸系于行动"①，而契诃夫认为世界不过是偶然的碎片，"人们吃饭，就是吃饭，然而，就在这时候，他们的幸福形成了，或者他们的生活毁掉了"。②这就是日常生活的悲剧。在贝克特的戏里，人们和他们所生活的环境发生着永恒的冲突，这种冲突使他们痛苦却永远无法摆脱。因为现代社会中"人们都被生活环境压迫得疲惫不堪，他们不再是强有力的个性……与人对立的生存环境总是妨碍着他们的生活，给他们带来不幸"③，而"未经具体化的抽象力量，人是无法对其采取抗争行动的"。（吕效平，2003：44）贝克特的静止戏剧表现的正是这样一种人与环境之间的永恒的冲突。剧中的人物对自己的存在发出了深刻怀疑，觉得人不能把握命运，人所做的一切都是无奈的，因而是无所谓的。

就像契诃夫的《三姐妹》里韦尔希宁所言："幸福我们是没有的，也不会有，只不过期望着它罢了。"（44）在这个不完美的现实中，人们无法行动，只有依靠幻想和等待坚持下去。这正是半个世纪后贝克特的现代悲剧《等待戈多》的源头。只是，与贝克特所表现的人永远无法战胜异化了的生存环境的悲剧相比，契诃夫所写的仍然是留给人们一线希望的喜剧。

在古希腊罗马的戏剧中，当人与神发生矛盾冲突时，人们可以像俄狄浦斯王那样抗争命运；在文艺复兴时期的戏剧中，当人与人发生矛盾时，人们仍然可以采取行动去与他人抗争，比如哈姆雷特的复仇行动；但是，现代戏剧不同于古典戏剧，它展示的是人与环境的对立，这种对立使人心中充满荒

---

① 见亚里士多德的《诗学》，罗念生译，人民文学出版，1982年，第21页。

② 参见汝龙的《契诃夫论文学》北京：人民文学出版社，1958年. 第225页。

③ 见童道明的"契诃夫与20世纪现代戏剧"，《外国文学评论》，1992年第3期。

诞的激情，但是人却再也不能与之抗争了。由于行动的意志是由主人公自己
确定的，那么这个行动就集中在主人公确定目的和实现目的的特定环境中，
而人对环境重压的承受能力是有局限的，如果行动的指向目标是这个确定的
环境，是具体的人物与抽象的力量之间的永恒的冲突，他就没有办法去抗争、
没有能力去行动了。这时人的一切意志化的外在行动就表现为"零行动"。

　　具体地说，人不是孤立地存在于这个世界上的抽象的概念，而是生活在
具体环境中，由环境的刺激诱惑或压迫以产生行动的意志。他的意志完全来
自他的内心。黑格尔曾说："戏剧的主要因素不是实际行动，而是内心情欲
的展现。"① 也就是说黑格尔戏剧观的基点是人的内心。在贝克特的戏里没
有一点张牙舞爪的穿插，不见一段惊心动魄的场面，没有起伏发展的剧情，
却可以抓牢读者和观众的魂魄，这就是静止戏剧的巨大魅力。

　　尽管贝克特的静止戏剧用日常生活中的琐碎和机械动作代替了传统戏剧
里的情节，但这既不是静止戏剧创作的重点，也不是贝克特创作的动力。尽
管看起来在剧中没有发生什么，没有逻辑动作，只有循环的静默，但是作为
一个戏剧大师，贝克特却能够让这种没有发生什么的状态变得戏剧化。贝克
特的静止戏剧没有完整的情节，无因无果，找不到有重大意义的情节动作，
如同《啊，美好的日子》里温妮所说："是的，似乎已经发生了什么，似乎
将要发生什么，然而什么都没发生，什么都没有。"②

　　在贝克特的静止戏剧里，只有人们悬而未决的生存处境，只有人们的承
受、等待以及终结。等待，作为一种表现手法，也受到静止戏剧鼻祖梅特林
克的大力推崇，他认为等待能最大化地表现人物内心，而仅需要最小化的外
部动作。将等待作为一种创造悬念的方式是一种古老的戏剧手法，但将空洞

---

　　① 参见黑格尔的《美学》，第 253 页；转引自《戏曲本质论》，第 128 页。

　　② 参见 *Samuel Beckett: The Complete Dramatic Works*（London: Faber and Faber, Ltd., 1986）. Act
One. Line 645-47. p.154. 关于本剧的其它引文也出自此处。

的等待作为戏剧手法并取得惊人的戏剧效果，则是贝克特的成就之一。在传统戏剧里，等待往往是动作的延缓，但在贝克特的戏剧里，它贯穿戏剧的始终。它是所有动作发生的影子，更是所有动作回归的状态。在《等待戈多》中，等待模式是期待和失望的结合，是不确定性和无止境的失落。一方面，"什么都没有发生，没有人来，也没有人走，很是可怕"（1.1231-32），另一方面，也不断地发生着什么，尽管戈多从未到来，但是戈多会出现的这个前提决定了舞台上的动作。《等待戈多》的中心活动就是在等待过程中该做些什么。与《等待戈多》中的"等待"相似的是，在《终局》和《啊，美好的日子》里，中心活动变成了"结束"。这些戏剧将持久的等待过程或终结过程加以细化，在没有完整情节的戏剧里安插了一些动作。

因为去除了传统故事情节，其他的戏剧活动就可以自由进入腾出来的戏剧空间中。事实上，贝克特戏剧里的人物有很多活动，只不过这些动作彼此之间没有密切关联。比如《等待戈多》里两个流浪汉的动作是一系列的无用的、程式化的练习，他们玩换帽子的游戏，互相拌嘴，模仿波卓和幸运儿，甚至尝试自杀。在《终局》中，既盲又跛的哈姆跟小狗的玩耍，被要求推到中间，不断要求克劳夫去窗口看外面的世界，以及克劳夫不断说着要离开却并不离开，即便收拾了行装，却又停在门口回望直至剧终的一系列动作。《终局》跟《等待戈多》一样表达了人们在困境中的一丝盼望，却又指向无能为力的没有结局的结局。贝克特通过剧中人物多次重复，却又没有变化的一系列状态来体现现代戏剧的荒诞主题。

《啊，美好的日子》也是如此。有人说看这部戏剧就像是在听荒野中哭泣的声音。贝克特静止戏剧的两大主题在这部戏剧中都有深刻的体现：人类在宇宙中的生存困境、人与人的关系的困境。在戏剧一开始，温妮对牙刷上难以辨认的字迹产生了兴趣，她也跟维利交谈，也自言自语，讲故事，关注她包里的口红、镜子及其他物品。因为她被土丘掩埋，被冷漠的世界围困，这些动作不仅能让她打发无趣枯燥的时间，也将她从被隔离的世界里拯救了出来，让她感觉不再被孤立。

由于贝克特作品里人物的动作大多是为了填补空虚，打发时间，所以无法成为直线发展的情节，不按"开始—高潮—结局"式的逻辑展开，动作和动作之间也没有太大的关联，更没有推进和发展。相反，这些动作机械地重复着，构成了"动作—无动作"的循环模式。除了"动作—无动作"的循环模式外，贝克特的静止戏剧中有些动作还会变慢，直至成为静止的状态，体现一种"持久在场"（Kennedy 28）的感觉。

在《终局》的不同人物间就存在三种程度的活动。首先是坐在椅子里的哈姆，由于墙壁的限制，只能由人推着在狭小的空间活动；其次是同样让人觉得不完美的克劳夫的活动，他不能坐，只能被呼来喝去，从这堵墙到那堵墙，从中间到四周；最后是耐尔和纳格的彻底无法活动，其所有的动作都限制在垃圾桶里，不能动，唯一能观察到外界的机会就是当他们把头从桶里伸出来的时候。贝克特的《啊，美好的日子》刻画了荒芜之地里极端静止状态下的人物。剧中的温妮一开始是被土丘埋到腰身，后来被埋到颈部。只有一半身体露在外面，完全动不了。当她看见维利从沙丘后向她挪动时，她说了句："能动是多么令人讨厌啊！"（1.791）在贝克特后期的作品这里，静止达到了顶峰。在他的《不是我》中，唯一能动的就是人的嘴，而在《戏》这部作品中，唯一能动的是灯光。

由于这些戏剧去除了外部动作，用静止代替，所以读者或观众的注意力就会被引向人物的内心世界。在外部动作背后有一些"更深层、更神秘的动作"（Esslin 197）。表面上的无动作实际上掩盖了人物的思想活动。这样的静止戏剧看起来似乎没有戏剧性，但它关注的是人的存在这样的根本问题，而不是情景剧里令人兴奋的故事或道德说教。这样的戏剧，就像许多评论家所说的一样，应该用我们的灵魂去看、去听、去体会。

三、无限循环的结构

贝克特的静止戏剧采用了循环结构形式，时间是循环的，空间是封闭的。这种重复式的结构形态象征着宇宙的循环规律。在静止戏剧中不仅体现在整部戏剧的结构上，也体现在具体的场景上。

循环结构的特点首先体现在贝克特的两幕剧模式上。《等待戈多》被称作"一部什么都没发生的戏，两幕都如此"（Kennedy 42），因为这部戏的两幕是按照对称和重复的原则设计的。尽管在场景人物和动作上稍有变化，但总体看来第二幕有许多地方和第一幕如出一辙。每一幕里都会设置波卓和幸运儿出场将对话打断，设置小男孩出场将对话暂时打断等。（Hayman 8）每一幕的结尾都是：

—嗯？咱们走吧？
—好，咱们走。
［他们在原地没动。］（1.1701-03, 2.1430-32）

在第一幕里，是弗拉季米尔同意了埃斯特拉冈的提议，在第二幕里是埃斯特拉冈同意了弗拉季米尔的提议。但不论在哪一幕里，他们俩都没有动。重复的两幕安排强调了"动作—无动作"的无限循环模式：第二幕的结尾与第一幕大同小异，暗示着第二幕结尾也有可能是第三幕的开头，甚至第四幕第五幕。但是简洁的两幕结构可以很好地表达出这种潜在的无穷性。马丁·艾斯林（"静止戏剧"193）曾提到"当整幕戏结束时，似乎新的一幕要重新开始，毫无疑问，它似乎要一直在这样的模式和这样的顺序中发展下去"。

即便在贝克特的独幕剧《终局》里，哈姆的话也暗示了同样的循环模式："结束就是开始，而你依然在继续。"（1484）就像一条渐近线，无限接近却永远到不了底部的数轴。《终局》里与两幕剧作品不同的是只有一个圆形循环，很可能是为了强调循环结构里即将结束的最后部分，而两幕剧里的循环是强调持续进行的、无限循环的可能。贝克特创作独幕剧是经过慎重思考的，他认为每一天都和其他任何一天是一样的，这一幕就象征着一天：既持久又短暂，既静止又运动。

其次，静止戏剧里的时空结构也是循环的，在读者或观众脑海里呈现出一种近似于荒诞的无限循环。继续和结束、过去和将来、生与死，都融合在这个无限循环的圆圈里，没有止境。就像《等待戈多》中波卓最喜欢说的词"继续"一样，剧中每一个人物似乎都在不停地动着，但最终他们的"继续"慢慢变成了向着衰老发展。第二幕的舞台说明写道："第二天。同样的时间，同样的地点。"（2.1-2）昨天跟今天、明天似乎都是一样的。波卓说："某一天跟其他的任何一天都是一样的……某一天我们出生了，某一天我们会死去。同一天，同一秒，人们跨在坟墓上生产，有一瞬间的光亮，接着又是黑暗。"（2.1236-40）剧中，当弗拉季米尔说戈多先生让星期六晚上等他来的时候，埃斯特拉冈也对时间提出了疑问，他问是哪一个星期六，还有，今天是不是星期六，今天难道不可能是星期天或者星期一或者星期五。就像在暗示人生就是重复和习惯，由无数个彼此雷同的日子叠合起来，人们日复一日地重复着生活。一刻都不停歇的时间和看似不变实则万变的空间，没有开始，也没有终结，无穷无尽。

第三个循环结构是场景的重复循环。同位叠合的舞台场景象征了人们生活内容的循环往复，也进一步使戏剧事件和人物行为分离，由重复的生活片段来映射人生荒诞的状态。《等待戈多》第一幕里的场景是乡间一条路和黄昏下一棵光秃秃的树，在第二幕中还是那条路，还是那棵树，只不过树上长出了几片叶子。《啊，美好的日子》第一幕里是荒野外埋着温妮的土丘，在第二幕中是同样的场景，不过土丘从她的腰身埋到了她的脖子。《终局》的场景更是没有变化。

人物的活动片段也一样，比如《等待戈多》里弗拉季米尔和埃斯特拉冈反复脱靴子拉靴子、摘帽子、相互生气又相互怜悯，重申对彼此友谊的忠诚，然后又闹别扭，又和好。再比如第一天没等来戈多，第二天又没等来，毫无进展地，一天又一天。每一天里都是弗拉季米尔和埃斯特拉冈的毫无意义的谈话和一系列打磨时间的动作，然后是波卓和幸运儿上场，最后是男孩宣布戈多先生今天不来了明天再来。每一幕最后弗拉季米尔和埃斯特拉冈商量好要走，但都坐在原地没动。

在这部剧本第二幕的开篇，弗拉季米尔唱了一首关于狗的歌谣："一只狗来到厨房偷走一小块面包，厨子举起杓子把那只狗打死了。于是所有的狗都跑来了，给那只狗掘了一个墓，还在墓碑上刻了墓志铭，让未来的狗可以看到：一只狗来到厨房偷走一小块面包，厨子举起杓子把那只狗打死了……"① 这歌谣处于剧本中间，既把两幕连接起来又把它们分离开来，歌可以无限循环下去，像极了中国人家喻户晓的无限循环的故事："从前有座山，山上有个庙，庙里有个和尚，和尚天天望着对面的山，山上有个庙，庙里有个和尚……"

同样，《终局》里的纳格讲给耐尔的关于一个裁缝的故事，这个裁缝答应一个英国人四天给他做好一条裤子，可是却一再拖延，三个月也没完成。当英国人说上帝用六天创造了世界，而您这么久也没做好一条裤子时，裁缝说：可是先生，请你瞧瞧这个世界。你再瞧瞧我给你做的裤子。这里讽刺了这个世界的混沌无理性的状态，没有开始也没有结束。剧本开篇作者用了一个词"结束了"，让人想到耶稣基督最后的话。"结束"也是开端，开始却已经"结束"，这个世界就是这样日复一日，循环往复，生生不息。再举个例子，当克劳夫发现自己身上有只跳蚤时，哈姆说人性可能又会从此展开，一切将会重演，看在上帝的份上赶快抓住它。克劳夫用杀虫剂杀死了跳蚤。这里人性的重生暗示了耶稣基督，他的死亡换来了宗教的新生。剧本这个场

---

① 弗拉季米尔在第二幕开始时大声唱的一首德国儿歌。参见原作第 2 幕，15-39 行。

景展现了等待死亡前的自我持存和无路可走的境况。表面上毫无意义的场景所预示的无穷无尽的灾难才是艺术意义之所在。所有这些戏剧里设计的场景都反映了一点：开始和结束交织在一起的循环式存在。

此外，时间的循环在《啊，美好的日子》里也有完美的表现形式，尤其是当闹铃声时不时响起来唤醒温妮的时候。铃声象征着永无止境的日子，每次温妮被铃声惊醒总是机械地叹息道又一个美好的日子。而温妮的歌声和那把勃朗宁左轮手枪则象征了她在希望和绝望之间的摇摆，她所有的动作都是用来填满两次响铃之间的间隙。在贝克特的静止戏剧中，不论是时间与等待、时间与生死，还是时间与救赎的关系，都向人揭示一点，漫长时间是无止境的循环，是芸芸众生无法掌控和改变的存在。它带走了人们的希望，留下迷茫和无奈。

重复和循环的结构是贝克特静止戏剧创作中的重要环节。开始看起来是结束，当人们以为结束了时又有了新的开始，这样的结构展现了人类生存的荒诞处境，不知道从哪里开始，不知道到哪里结局，却一直存在着，没有终止。

四、独特的语言风格

评论家马丁·艾斯林认为"语言是贝克特至高艺术的重要特点之一"（"静止戏剧"197）。贝克特精通数国语言，在他的戏剧创作中，他努力追求最大程度地运用语言以实现预期的戏剧效果。高尔基曾说语言是文学的第一要素。戏剧是一种将视觉与听觉相结合的艺术形式，对语言的要求更是不可忽视，不论是在剧本创作中还是在舞台表演中，语言的作用都是十分关键的。

贝克特认为传统的语言形式不足以表现一个分崩离析的世界，因为人们听到的话语不一定是用来交流的。所以传统剧场里天马行空、悲欢离合的戏剧张力在贝克特的静止戏剧里变成了特定风格化的静止姿态、缺乏故事性和逻辑性的对白口述。他在剧中既使用大量话语，又不断运用静默。像特殊句法、重复、独白、停顿等手法都运用得娴熟且恰到好处。

为了解释贝克特作品里传统语言的分崩，尼古拉斯·加斯纳（Niklaus Gessner）列举了十种不同模式的破碎的语言（Eliopulos 58），从重复、戏剧独白、陈腔滥调，到"电报式风格"的语言（"telegraphic style"）[①]，再到《等待戈多》里幸运儿那胡言乱语，似乎都在暗示语言在贝克特的戏剧中已经失去了往昔那种固有的交流功能。一方面，作为概念性思维的工具，语言在贝克特戏剧中被贬值；另一方面，贝克特用它来传达那些不可言传的东西。

要了解贝克特特殊的语言风格，首先要理解他运用的重复手法[②]。根据其功能，贝克特在静止戏剧里运用的重复手法可以分为四类：重复询问法（repetition by interrogation）、无遗漏的列举（exhaustive enumeration）、重复出现的词汇或动词词组（recurring words or verbal clusters）、重复的回应（repetitive echo）。

第一，重复式的提问是贝克特最喜欢的语言技巧之一。在《等待戈多》中，"为什么他不把包放下？"（1.1214-26）这个问题问了三遍，而"你想甩掉他吗？"（1.840-61）在短时间里问了七遍。《终局》里，哈姆的问题"还不到我吃止痛药的时间吗？"也是不断重复，暗示着真正的止痛药就是死亡。

第二，贝克特式重复手法就是"无遗漏的列举"，在幸运儿的话语中有所体现：

"他在神圣的冷漠神圣的疯狂神圣的暗哑的高处深深地爱着我们除了少数的例外不知什么原因但时间将会揭示他像神圣的密兰达一样和人们一起忍受着痛苦……不知什么原因未完成的劳动以及泰斯丢和丘那德的未完成的劳动已经就业已被许多人所否认的论点作出论断认为泰斯丢和丘那德所假设的人认为实际存

---

①最初指婴儿最初说出的不完整句子，简洁如同电报用语。这里指语言简洁明了，不关注复杂语法结构。

②此处的重复不包含对称式动作或情境、思想的重复，只从语言词汇角度考察重复的手法。

在的人认为人类总而言之统而言之尽管有进步的营养学和通大便药却在衰弱萎缩衰弱萎缩而且与此同时尤其是不知什么原因尽管体育运动在各方面都有很大进展如网球足球田径车赛游泳飞行划船骑马滑翔溜冰各式各样的网球各种各样致人死命的飞行运动各式各样的秋天夏天冬天冬天网球各种各样的曲棍球盘尼西林和代用品总之我接下去讲与此同时不知什么原因要萎缩要减少尽管有网球我接下去讲飞行滑翔九穴和十八穴的高尔夫球各种各样的网球总之不知什么原因……"
（1.1305-13）

第三，有些词汇及词组也在贝克特戏剧中断断续续地重申，比如《终局》里克劳夫的"空的……（他观察）……空的（他观察）……还是空的"（923-31）《等待戈多》里弗拉季米尔和埃斯特拉冈之间也有类似对话：

"我们走吧？"
"我们不能走。"
"为什么？"
"我们在等待戈多。" （1.190-93, 1.1478-81, 2.532-35, 2.1040-43）

《终局》里下面这段对话中几乎每句话里都有"望远镜"一词：

哈姆：用望远镜看?
克劳夫：不用望远镜。
哈姆：用望远镜看。
克劳夫：我去拿望远镜。（克劳夫离开。）
哈姆：不用望远镜！（克劳夫拿着望远镜回来。）
克劳夫：我带着望远镜回来了。（871-84）

最后，回应式的重复手法对强化戏剧效果起了重要的作用。当《等待戈多》里的波卓跟弗拉季米尔告别的时候，他们之间的对话富有喜剧效果："再见——再见。（沉默）——谢谢——谢谢。"（1.1436-40）再比如埃斯特拉冈也经常重复弗拉季米尔向他提出的问题：

弗拉季米尔：那他们没打你吗？

埃斯特拉冈：打我？他们当然打我。

弗拉季米尔：跟以往一样？

埃斯特拉冈：以往？我不知道。（1.29-32）

对某些词汇的立刻重复强化了人们之间那种无意义的机械交流。这些重复看似无用，实际上正是在这样的表达里，剧作家赋予了单调乏味、冗长无尽的世界以戏剧效果。从这个意义上说，贝克特的重复手法跟梅特林克的著名论断不谋而合。梅特林克说："戏剧里唯一重要的话语就是那些乍一看没有用的语言，而这些语言却是精华所在。"（Clark 393）

由于具有明显的间离效果，戏剧独白这种手法在阐释贝克特反传统的语言方面也极具说服力，在渲染人类的境况遭遇时尤为如此。《啊，美好的日子》这个剧本本身就是温妮的一幕长长的独白，中间只有几处被她丈夫维利偶尔插进来的几个简短的句子打破。大部分时间维利都在保持沉默，而温妮不停地说话，有时候对维利说，有时候是自言自语。她时不时地打扰维利，就是为了给人一种她存在着的印象。就像《等待戈多》里面弗拉季米尔不停地打扰埃斯特拉冈一样。对此，约翰·布林是这样解释的："维利是温妮讲话的先决条件，只有不停地说话，她才有自己还存在的感觉。"（Pilling 86）温妮的独白就是关于日常琐事的喋喋不休，她不知道如果不说话她该如何才能度过这漫长的一天。

与长长的独白相比，另一种手法"轮流对白"（stichomythia）也在贝克特的静止戏剧中多次出现。这种手法有时是指为了增加紧张气氛而使用的你来我往的交锋对白，有时用于争吵或争辩的时候。在古希腊戏剧、诗歌和辩论中也有这样的对话安排，其中每行或行的部分由对话者交替来说。这种技巧高度戏剧化，尤其是当对话缩短到只有简短的短语或字词的时候，在贝克特的《等待戈多》中这种手法贯穿始终，尤其当埃斯特拉冈和弗拉季米尔彼此竞争打发时间时：

弗拉季米尔：你说得对，我们不知疲倦。

埃斯特拉冈：这样我们就可以不思考。

弗拉季米尔：我们有那个借口。

埃斯特拉冈：这样我们就可以不听。

弗拉季米尔：我们有我们的理智。

埃斯特拉冈：所有死掉了的声音。

弗拉季米尔：它们发出翅膀一样的声音。

埃斯特拉冈：树叶一样。

弗拉季米尔：沙一样。

埃斯特拉冈：树叶一样。

沉默。（2.208-18）

戏剧人物的语言是塑造人物的基本材料。黑格尔曾经指出对话是一种全面适用的戏剧形式，他说："只有通过对话，剧中人物才能互相传达自己的性格和目的，既谈到各自的特殊状况，也谈到各自的情致所依据的实体性因素。"[1] 在上面这段对话中，弗拉季米尔和埃斯特拉冈之间一人一句程式化

---

[1]《美学》第三卷（下），商务印书馆 1981 年版，第 259 页。

的对话表明他们缺乏交流或交流不畅，但即便在这样的情况下也极力想避免沉默出现。

除了轮流对白，在贝克特的静止戏剧中也经常看到陈腔滥调（clichés）及出丑效应（pratfall）。贝克特使用反传统的语言游戏来讽刺日常生活的无聊空虚，不避陈词滥调却能创造出新意。在《啊，美好的日子》里，陈腔滥调成了由于害怕沉默而竭力掩盖内心恐惧和绝望的方式，而这种形式的重复营造出死寂般的单调。在陈腔滥调和舞台逗笑下，任何虚饰的人类情感都无处遁形。《等待戈多》里的舞台逗笑营造了良好的喜剧效果，也打破了老套的情感表述，当埃斯特拉冈让弗拉季米尔拥抱他的时候，弗拉季米尔不太情愿，但是效果却很感伤："…（埃斯特拉冈向后退缩。）你身上有股大蒜味！"（1.294-95）

在贝克特的静止戏剧中，当话语或动作随着时间慢慢向前推进时，戏剧氛围就会逐渐凝固，来削弱或瓦解行动或语言上的发展，其比较极端的表现形式就是停顿和沉默。这种语言上的"挑衅式的排斥（defiant rejection）"[1]"绝不是在传统意义上对一切的反对和排斥"（Freedman 331）。它是一种新的语言策略，贝克特自己曾说："话语，会让有些空白变得糟糕"。（Oppenheim 9）因为贝克特发现要想强有力地表达人类的对话，单纯使用话语是不够的。所以他在戏剧中加入了独白和沉默。贝克特戏剧中的沉默纯粹，具有普遍意义，体现了词汇或意义的无组织及世界的无秩序混沌状态，同时是新生活到来的暗示。

语言缺失是贝克特式写作风格的显著特点。苏珊·桑坦格曾阐释说："贝克特的沉默表达了人们对无法言说的事物的感知，体现了表达和无法传达之间的矛盾。"（Sontag 36; Eliopulos 100）。《等待戈多》的第一幕里，轮流

---

[1] 艾斯林的说法，参见 *Morris Freedman, Essays in the Modern Drama*（Boston: D. C. hearth and Go., 1964），331.

对白式的抒情共有七次被"沉默"这一舞台提示打破，两次被"长久的沉默"这一舞台提示打破。这些沉默"彰显了贝克特戏剧作品的本质，相比诗意的语言，它们营造的戏剧效果更突出、更持久"。① 贝克特认为沉默是人所能持有的最适当的态度，是介于不掩藏和不揭示之间的微弱划分，是语言之间的间隔。这些停顿或者沉默，比那些说出来的话要有分量得多。《等待戈多》第一幕结尾，弗拉季米尔和小男孩之间有一段对话，其间多次出现沉默，以表达人物内心的恐惧和绝望：

弗拉季米尔：这是你第一次来？

男孩：是的，先生。

[沉默]。

弗拉季米尔：说话，说话。（停顿）快说。

男孩：（冲口而出）戈多先生要我告诉你们，他今天晚上不来啦，可是明天晚上准来。

[沉默]。

弗拉季米尔：就这么些话？

男孩：是的，先生。

[沉默]。（1.1675-84）

贝克特在《终局》和《啊，美好的日子》里也运用了大量停顿和长时间的沉默，来表达人物遭受的"无法言说的痛苦"（Bair 532）。每一幕里都出现了死亡一般的沉寂，以展示人物痛苦的生存状态。后一部戏剧中，人物一出场就是静止的状态，结尾的时候夫妻俩长时间凝固了一般地互相对视着。这些沉默所传达的深意是语言难以传达的。作为一种交流方式，它们比成千

---

① 出自艾斯林的"Towards the Zero of Language"，参见 *Beckett's Later Fiction and Drama: Texts for Company. Ed.* James Acheson and Kateryna Arthur.（The Macmillan press Ltd., 1987），35.

上万的词汇更传神、更具有说服力。（Frisch 125）

总之，贝克特的静止戏剧达到了静止艺术的巅峰。它既是一种在场的缺场，也是一种缺场的在场。贝克特曾表示，任何一个词，都是在沉默与虚无之上毫无必要的污点。尽管贝克特当时只是想说明其创作之艰难，但他却堪称一位静默艺术大师，他用伟大的作品证实了一点：沉默同样可以拥有震撼人心的力量，同样可以引导我们对人类命运以及人类历史进行反思。

第三节　从剧本到舞台表演

戏剧是文学艺术，也是舞台艺术，是融合了各种元素的综合艺术。剧本创作是舞台表演的依据，而表演性也是戏剧区分于其他文学形式的重要特点之一。通常，演员以剧本为依托，将自身置于特定的情境和冲突中，通过一系列舞台行动来表现主题、塑造角色、展现人物性格特点。这个特点从"戏剧"一词的来源就可以看出来。这个词源于希腊语 dran 一词，意思是"做、演"，被看作是模仿人类动作的一种特殊形式。也许这正是数百年来动作一直被看作是"戏剧核心"（Carson 296）的原因之一。

但是在静止戏剧中，传统动作的削弱使得舞台表现难度增加，其主旨不在戏剧行动的呈现，它所致力的是以特殊的形式来表达人类的生存处境。那如何才能更好地在舞台上表现静止戏剧的戏剧性呢？

由于静止戏剧缺乏传统的戏剧动作，在舞台表现时借助了很多戏剧手法来呈现不容易呈现的主题和元素。同时，也邀请观众加入戏剧体验中，观众在观看戏剧表演的过程中能体会到演员们演的就是他们的生活，反观的就是他们普通人的存在。下面笔者跟大家一起讨论下这些戏剧技巧和手法的运用，尤其是舞台空间、道具、音响、灯光、舞台外的辅助及视觉上可见的沉默手法等方面。这些典型的戏剧元素并非单纯是传递信息的戏剧手法，它们在每一部戏中都是被精心策划以取得巧妙的平衡效果的。如同《戏剧中的动态符号》一文中所说："我们发现舞台'空间'不一定非得具有空间性，声音本身可以是舞台，音乐可以是戏剧事件，而场景也可以是剧本。"（Levy 16）

一、最小的舞台和最大的场景

贝克特的静止戏剧运用的戏剧原则之一就是最小化，也就是说，将一个巨大的世界放入一个小小的密封的容器里，或用一个小尺寸的黑箱剧场[①] 来展现宏伟的宇宙。而这种最小化的舞台恰恰是渺小的人类在巨大的宇宙中的生存处境的体现。它呈现出一种悲凉、广袤、荒诞的感觉，如同人们在这世界上痛苦而尴尬的存在。尽管舞台看起来是缩小了的、是光秃秃的，但那些有形的呈现仍然能让观众感知到这个舞台要呈现的是整个宇宙。自《等待戈多》在巴黎上演以来，人们就对这种剧场技巧叹为观止。而在这部作品以后，贝克特在运用舞台技巧和舞台手段上也越来越"节约"：不仅空间变小了，道具、演员数量和动作也都减少了。

首先，贝克特作品的舞台空间经常被设计得很简约，浓缩到最小。从一条光秃秃的乡间小路到一个空荡荡的房间，从一个土丘到一个小洞。有些舞台安排已经接近完全空白，以暗示他们的内心存在。根据莱维（Shimon Levy）的划分，贝克特对舞台空间的成熟设计有三个空间维度："侧边的左右轴、上下舞台轴和地面到上方的垂直轴。"（Levy 18）这三个空间维度都是精心布置的。每一条轴都是宇宙空间的暗指。

在贝克特戏剧的表演中，戏剧的内容被投射到舞台空间里并演出来，然而它们也留给观众另一个无形的戏剧空间。比如，在《等待戈多》中，左右方向空间轴沿着乡间小路展开，就像是在这个"没有中心、没有焦点的世界

---

① "黑箱剧场"或"黑盒子剧场"。（Black Box Theater）是在几乎全黑的剧场空间或缺少光源的情况下，凸显其他色彩，隐藏表演者的技术秘密，以达到让观众惊奇或集中注意力的效果。其最重要的精神不是华丽的布景道具或精良设备，而是要创作者回归到表演艺术最单纯也是最重要的"人与空间"的关系上。这种实验与创新更强调演出者与观众在空间里直接的情感交流与互动。

上"（Levy 18）的生命旅程。舞台上的路向左右无限延伸，这段路只是人生长长的道路上的一小部分。尽管人物被限制在一个很小的空间里，他们却时不时地抬头看远处的天空，这样一来，上下垂直的空间轴就与左右方向的水平轴相交了。天上的月亮不仅仅是时间的象征，还提醒观众去注意天幕[①] 和更广袤的空间。而演员们站立的舞台仅仅是一颗孤独的行星的缩影。就像克劳夫在《终局》里暗示的一样，房间之外的一切都是空的。同样，在《啊，美好的日子》里，温妮也是被限制在一个狭小的空间里，上下垂直方向的空间轴随着温妮的活动而显现，温妮常常仰头叹息，而她的身体却慢慢沉下去，被土丘吞没，这样的空间轴反映了她的孤独无助的生存境地。这个无垠的荒漠里的土丘本身就是宇宙大背景的反映。

其次，舞台规模和活动面积的减少与越来越少、越来越小的道具相吻合。当然，道具的使用也受舞台空间的限制。空间上的固定化在贝克特的静止戏剧里越来越明显，从《等待戈多》的路到《终局》的房间，再到《啊，美好的日子》里的土丘，最后到《戏》里的瓮。于是，舞台上的道具越来越少，尽管反映宇宙大空间的背景并没有改变。在《等待戈多》中，有一条足够长的绳子把左边跟右边连接起来，帽子和靴子象征着天和地（垂直空间轴），而路边的树及树叶的变化表示着时间的流逝。在《终局》里，哈姆的轮椅可以帮助他在房间里移动，而克劳夫的望远镜能让她看到窗外。很显然，轮椅在舞台上就是连接舞台中心和四周边缘的道具，而望远镜是内部世界和外部世界的连接。到了《啊，美好的日子》这部戏，道具主要是温妮的小物件，比如牙膏、镜子、口红，还有那把左轮手枪等。这些现实中的物件给温妮创造了一个虚幻的世界。但是贝克特设置道具最极端的例子是《戏》中的瓮。因为在这部戏里瓮既是舞台空间，也是道具，瓮里只有三张嘴唇能动。

---

① 天幕（cyclorama），剧场设备之一，指剧场中最大的一块布幕，多呈现淡蓝色或白色，常常用来表现天空。

乍一看，装饰充分华丽的舞台似乎能吸引观众的眼球，但是简单的舞台布置却更有暗含的深意。贝克特戏剧里的道具，比如垃圾桶、桶上盖的床单、哈姆脸上的手绢、土丘和瓮等都是封闭式的空间或者有掩盖功能的物品。同样具有类似功能的还有埃斯特拉冈的靴子，靴子尺寸太小导致脚痛，靴子的尺寸象征着世界上有限的严酷生存空间。简言之，贝克特在作品中设计的道具真的是独具匠心，他通过道具的减少来集中展现人物的内心世界，同时让观众联想到土地、大海等广阔的自然景观和宇宙空间。

最后，由于舞台上的演员不可能拥有大量物品来表达什么，只能把注意力聚集在表达自身的存在上，他们的动作受到限制，越来越少，最后到无。舞台上的演员数量也越来越少，从《等待戈多》的六个到《终局》的四个，再到《啊，美好的日子》里的两个，最后到一个。比如，在《克拉普的最后一盘录音带》里，克拉普就是独自一人在静静地听着一盘带子，明确的时间标识也被抹去。即便戏剧结束，也不意味着人生痛苦的完结，它依然在延伸，在继续……此外，演员在台上暴露出来的身体部位也越来越少。《等待戈多》里可以看到人物的全身，到了《终局》和《啊，美好的日子》里就只有半身，要么在轮椅里或垃圾桶里，要么被埋在土丘里。到了《戏》就更加极端了，观众们面对的仅仅是一个人体器官。但是这些作品呈现给观众的仅仅是"我们度过的还没度过的生命的一小部分"（Hassan 132）。剧中的人物姓名来自世界各国，象征着全人类。而且当弗拉季米尔说："我们不是圣人，但是我们遵守约定，有多少人敢说能做到这点？"（2.882-3）时，埃斯特拉冈回答："千千万万。"（2.884）这暗示他们只是世界上芸芸众生中最普通的两个人，他们的生活和处境也许就是成千上万的其他人的生活和处境。他们在舞台上表现出来的痛苦和空虚，在现实中也是无处不在的，因为这世上还有无数和他们一样的人。

广阔的宇宙场景与最小化的舞台平行存在，形成了对比，也形成了演员与观众特殊的互动关系。在面对面与观众交流时，演员们说得少、动得少，但传达的却很多；而观众通过参与和体会，从舞台之外感知到的要远比舞台上呈现给他们的多得多。

二、"场外"这一戏剧技巧的运用

舞台呈现只是贝克特静止戏剧浮出水面的"冰山一角"，还有许多内容在舞台之外传达给观众。舞台之外，或场外也可以作为一种戏剧技巧运用到表演中，来展现没有在舞台上呈现的空间、人物或事件。

场外作为现代剧场中运用的一种技巧，并非最早出现在贝克特的戏剧里。在梅特林克的《盲人》、契诃夫的《三姐妹》及尤金·奥尼尔的《早餐之前》中已经早有所用，将一些不重要的内容以幕后叙述的方式带过。比如，在《三姐妹》中，场外或幕与幕之间的事件和决定（或无决定）慢慢形成了她们的命运。但是贝克特将场内场外结合在一起的技巧可以说达到了炉火纯青的地步。从《等待戈多》到《戏》，不难看出，舞台空间越小，场外空间越大，演员退出舞台到幕后的频率越高。台上的动作越来越少，最终变成完全的静止。最初的戏剧中，场外离舞台很远，后来几乎要代替舞台。比如《终局》里，场外死寂的大地和沉默的大海似乎是被房间的墙壁远远隔开了，但后期的戏剧里人物要么在舞台边缘痛苦挣扎，要么从舞台上逃遁到台外。在贝克特的戏剧《那时》里，台外不时传来声音。在《戏》中，由于灯光经常变暗，感觉演员们似乎在幕后表演一般。

在贝克特的戏里，演员们成了舞台和台外的连接，随着灯光、服装、声音的变化，演员们也把台上台下发生的故事交替展现。

三、舞台技巧的诗性

表演诗学和戏剧抒情诗主义[①]是贝克特静止戏剧的标志性艺术。由于戏

[①] 贡塔尔斯基在评价贝克特的戏剧艺术时使用的词汇。见 "Editing Beckett——Editing Errors and the Changing Texts of Samuel Beckett", *Twentieth Century Literature*, Summer, 1995.

剧模式的主导，类比手法成为贝克特戏剧表演中的一个基本原则。在文本中，"重复的动作是其他动作的回应，姿势回应着姿势，声音回应着声音"（Gontarski 7）；而在台上，短语模式、动作和对话的类比就像是从同一种乐器里演奏出来的声音高低一致的乐章。这种"回声"式的模式赋予了贝克特的戏剧以极大的美感，同时为表演增加了难度。

为了完美地在舞台上呈现戏剧，贝克特建议在表演时可加入一些现实主义的元素或材料。为了达到表演的诗化效果，可以强化视觉和听觉手段，如服饰、灯光、音响、音乐等。

服装的改变，不论是模式化的还是非模式化的，都是重要的表现方式，它展现了一个演员的不同角色或在不同的时间段发生的事情。借助服装可以轻松表现要掩藏的和要展示的东西，现在和过去，此处和别处，在舞台上还能暗示舞台之外发生的事情。即便舞台上的演员不换，他们的装扮和服装的颜色的变化也能反映他们的角色和地位。比如，在《啊，美好的日子》里，当维利爬向温妮时，"他手脚着地，穿着礼服——大礼帽，燕尾服、条纹长裤，等等。戴着白手套。非常浓密的长白山羊胡子"（2.246-49）。

除了服饰以外，灯光也是另一个剧场里常用的视觉传达手段。作为一种古老的表现手段，灯光在贝克特的静止戏剧里与在传统戏剧中一样起到渲染气氛、凸显人物、创造舞台空间感、时间感的作用，但是在静止戏剧里灯光的使用更频繁、更单一。在静止戏剧的舞台上，要么是一束强光射下，要么完全没有灯光。在《默剧Ⅰ》里，灯光十分耀眼，在《等待戈多》里还有从黑暗到突然光亮的变化。同时，演员大胆地尝试在黑暗中表演，舞台上大部分面积都是处于黑暗状态下，"而对舞台大部分面积的浪费其实是为了突出小部分表演"（Worth 246）。有时为了吸引观众的注意力而局部使用聚光灯，将舞台其他部分变暗，比如《克拉普的最后一盘录音带》。《戏》里以同样的方式使用了聚光灯，除了那三张说话的嘴在灯光下，舞台上别的地方都是漆黑一片，因为除了那三张嘴，其他东西要么是静止的，要么是沉默的。观众在剧场里被黑暗包围，只有当聚光灯迅速从一张脸照到另一张脸上时，他们才能看见嘴巴在动。

还有一个特点是在完全黑暗和光亮之间阴影的运用。《终局》里，不论是房间内的灯光，还是房间外的灯光，都是昏暗、灰白或黯淡的。舞台上用这种半昏不明的灯光来暗指人物处于半死不活的状态。克劳夫说看到厨房里的灯光变暗了，黯淡的光暗示着人的去世。而在这种中等亮度的暗光里，人们在死亡的阴影下，对未来尚抱一丝希望地活着。在评论贝克特作品里灯光的使用时，诺尔森说："如果只有黑暗，一切都会清晰。正是因为既有黑暗，也有光亮，我们的处境才会令人费解。"（诺尔森 11）总的说来，一方面，灯光是一种视觉辅助手段，能表现台上和台下的对比，另一方面，暗指生活和动作，是死亡和沉寂的对立面。

声音，包括台上台下的台词和音乐，也有重要作用。在广播剧中，它们还是唯一的表达方式。为了表达人类的交流障碍和孤立状态，贝克特在他的静止戏剧里设置了很多戏剧独白和对话片段，所以这里不再赘述演员的台词的重要性。至于音响效果，舞台上既有人说话的声音，也有别的声音。在剧场里，观众可以听到拖着脚走路的声音、盲人拄着拐杖走路的声音，还有其他奇怪声音。比如在《等待戈多》里有大哭的声音，《啊，美好的日子》里有温妮唱歌的声音、闹铃的声音。这些都有助于取得更好的戏剧效果。在贝克特的戏剧里，还有三种典型的笑声："邪恶下的苦笑、谬误下的干笑和痛苦下的畅笑。"（Hassan 126）

四、沉默的艺术

除了说出来的话语和声音效果，关于静止戏剧的表演，需要重点强调的一点就是声音往往周期性地消失，变为沉默。在这个意义上，贝克特十分接近梅特林克。梅特林克曾经主张在剧场里设置静态人物，而且许多评论家都对这一观点的可行性进行了研究。约翰·西阿迪（John Ciardi）说："当处于一定的语境中时，沉默也是一种交流。一部戏剧里的沉默能传达一种语言无法表达的情感上的感知力。"（Ciardi 1007; Stewart 116）贝克特是静默的预言家。在他的戏剧里，沉默的力量被反复强调，是反戏剧的一种暗示。

沉默有多种模式，比如有悬念的沉默、表达不充分的沉默（暂停）、压抑的沉默、期待的沉默等。在舞台上也可把它们大致分为两种：语音上的沉默和视觉上的沉默。语音上的沉默是"一个词周围的空隙"（Stewart 116），可以是短暂的停顿或长时间的沉默。语音上的沉默在贝克特戏剧中的情境里广为运用。最自然的就是像《等待戈多》里第二幕中变成哑巴的幸运儿的沉默。语音上的沉默还常常用来表现人物的孤独或沉浸在自己的世界里，《克拉普的最后一盘录音带》里就有这样的沉默。有些人物或演员发现难以用语言表达自己时也会沉默，还有一些正说着话突然不说了因为他们意识到自己的自言自语或跟别人所说的话毫无意义，丝毫不能减轻自己的痛苦，如果他们感到沮丧时，也保持沉默。当他们期待听众有所反应时，也停止讲话，耐心地默默等待，就像温妮期待维利的反应一样。对于埃斯特拉冈和弗拉季米尔来说，为了获取一种短暂的存在感，他们不断打破长长的沉默，但由于对方的麻木反应又一次次陷入沉默。他们的对话中间总是夹杂着或长或短的沉默。舞台上由演员发挥出来的语音上的沉默也增加了戏剧效果。

与语音上的沉默相比，视觉上的沉默表现的是现代剧场里的反动作艺术。根据杰克·弗里奇（Jack E. Frisch 117）的说法，它指的是"与之前和随后的动作并置的静止状态"，强调的是一种静默的视觉状态。比如，在《等待戈多》里，当观众听到埃斯特拉冈和弗拉季米尔之间"——哦，我们走吧。——好的，我们走。"（1.1701-02, 2.1430-31）这样的对话时，或听到克劳夫不断地说："我要扔下你"（557）这样的句子时，他们会期待演员们有所行动，但是却只看到了他们的沉默和静止不动。

  贝克特常赋予戏剧人物恰到好处的沉默，在他的戏剧里，视觉上的沉默创造了一种有力的"与舞台活动相矛盾的时空并置"（Frisch 117）。它们创造的特殊舞台效果对于熟悉传统戏剧的观众来说无疑是一种震撼。

  简言之，贝克特的静止艺术手法超前于戏剧动作，隐匿于言语交流间，不仅体现了人类交流问题，同样突出了角色身体语言的丰富含义，将观众引向一个无言的王国。这些沉默给了观众更多的想象、感知或参与到戏剧中的空间。总之，贝克特的静止戏剧具有独特的美学价值。通过运用基本的视觉媒介，贝克特的静止戏剧有力地传达了最难以传达的情感，也把最难戏剧化的东西戏剧化了。

第六章 将实验进行到底：贝克特的广播剧和电视剧

　　贝克特在戏剧创作上的革新是前所未有的。从荒诞剧到静止戏剧，他一直致力于运用极简主义创作出以最少的视觉手段为依托的戏剧。在创作舞台剧的同时，贝克特开始寻找新的戏剧实验形式，他对当时的新媒体广播和电视产生了浓厚的兴趣并将戏剧实验扩展到这一领域，突破了剧场的限制，去除了视觉辅助手段，创造了仅靠语言和音乐来表现的新的戏剧形式，即广播剧。从1957年《所有倒下的人》开始，贝克特成功创作了数本无须身体表演的广播剧剧本，后又转向电影脚本和电视剧创作。1963年，贝克特为罗格夫出版社写了一部电影脚本，这部作品以《电影》为题，正是对这一行业的指示。电视剧创作也让贝克特斩获了大批观众。1966年，他创作了《嗯，乔》，他还亲自为德国的电视台导演了这部剧作。并于同年6月在这部作品由英国广播公司演出时担任监制。可以说，贝克特的每一个新作品都是一件精心创作的艺术品，他在不断地突破制约，将戏剧实验进行得更彻底。

第一节 荒诞之声：贝克特的广播剧创作

　　以纯粹声学为基础的广播剧（Radio Drama 或 Audio Drama）又称放送剧、音效剧、声剧。它没有可视组件，是主要由播音员或配音演员演出的戏剧，是适应电台广播的需要而产生的一种艺术形式。广播剧以人物对话和解说为基础，并充分运用音乐伴奏、音响效果来加强气氛。这种戏剧形式，最早见于1924年英国广播公司播出的《危险》，那是世界上首部由电台录制的广播剧。

但是，广播剧以其独特的特点和优势迅速发展，剧目也日益丰富。因为其欣赏方式极为方便，可以录制、播放长篇连续剧并且可以持续播放数年，故深受听众欢迎。

贝克特对广播这一媒介并不陌生。早在 1942—1945 年他在法国南部普罗旺斯地区的鲁西隆地区时，广播和无线电传输就是反纳粹组织的重要情报来源。《等待戈多》在各地成功上映之后，贝克特越来越受到关注。1956 年英国广播公司第三套节目负责人跟贝克特约稿，贝克特立刻对广播这一无须借助剧院表演的独特媒介产生了极大的兴趣。英国广播公司第三套节目当时正是以推介实验性作品为特色，负责人为约翰·莫里斯（John Morris）。

在这之前，贝克特一直在探寻如何将戏剧最简化，已经在竭力缩减剧场所需的演员、道具、场景及语言。篇幅也在不断缩减，从两幕剧到独幕剧。英国广播公司的约稿使他眼前一亮。他在给南希·邱纳德的信里说道："我有一个可怕的想法，满脑子里都是大车车轮和拖着脚走路以及气喘吁吁的声音，那也许会有、又也许不会有什么结果。"对于贝克特这样的创作天才来说，结果自然是有的。他成功创作了广播剧《所有倒下的人》并在 1957 年 1 月 13 日播出。从此，贝克特开始与英国广播公司及其他广播媒体进行长期的合作。

后来，英国广播公司把贝克特的作品在英国的广播录制成了录音带寄送给他，他收到录音带之后，再次对广播剧这一无须借助身体表演，仅靠声音传达的方式表现出了浓厚的兴趣。在这件事情的启发下，贝克特用英语创作了戏剧《克拉普的最后一盘录音带》并将它搬上英国皇家宫廷剧院的舞台。这种艺术和技术的结合使贝克特越来越喜欢广播剧这一独特的戏剧形式，他继续进行戏剧创作形式的实验探索，先后创作了六部广播剧。1959 年 6 月 24 日，他为英国广播公司创作的广播剧《余烬》正式播出。同年 11 月，英文版《余烬》在《常青评论》上发表，次月，法文版《余烬》在《新文学》上发表。三年后，贝克特的广播剧《语言与音乐》（*Word and Music*）创作完成，于 1962 年 11 月播出。《渐弱》于 1964 年 10 月播出。

没有视觉手段看似是广播剧的弱点，而实际上这一特点可以成为广播剧的优点。借助语言和音乐的听觉手段可以充分调动听众的想象力，赋予作品更大的时空自由和更广阔的题材，听众可以直接参与其中，获得特殊的艺术享受。

《所有倒下的人》是贝克特最具自传色彩和鲜明爱尔兰特征的戏剧之一，也是贝克特的第一部广播剧。这部剧充满了爱尔兰式的幽默和伤感，线索清晰，人物集中。剧中以贝克特童年时的故乡为背景，已经 70 岁、体重两百磅的老妇人曼迪·鲁尼（Maddy Rooney）为了给丈夫丹（Dan）生日的惊喜，去博格希尔（Boghill）火车站见他。她的丈夫丹是位盲人。鲁尼太太一路上遇见了各种人跟她打招呼，有些人身上有明显的爱尔兰式的喜剧特征。这部作品中既有写实主义的风格，又有幻觉和回忆。在这部广播剧的开始，贝克特运用了物体的声响、沉默、人物的语言以及音乐等元素来营造一种特殊的气氛，展现人物的内心世界。西蒙·利维（Shion Levy，1990：62）说："《所有倒下的人》开始便明显地、有意识地展示广播的四个元素：乡间的声音……沉默……隐约的音乐……然后才有第一句话——'可怜的女人'（ATF,172）这种多声部复调激活了这些广播元素，它们共同奏出了'所有倒下的人'的感觉，奏出了厌恶、疲倦、绝望以及尽管如此，还是活着的感觉。"

这部作品以一种滑稽的喜剧方式展现人们的生存绝望。剧中体态臃肿、患有风湿病的鲁尼太太去接丈夫的途中遇见了各种各样的、在她看来十分危险的交通工具：手推车、自行车、小汽车及晚点的火车。贝克特在语言运用方面可以说是一位大家，他能把词汇和语言用到极致。在《等待戈多》及其他剧作中，可以说贝克特运用了一种简化的、普遍的语言，但是在《所有倒下的人》里，他一反常态地运用了完全爱尔兰式风格的语言。语言的韵律夸张化地将人物的绝望赋予了荒诞的效果。在跟骑自行车的泰勒先生（Mr. Tyler）一起走时，鲁尼太太说："咱们歇歇吧，让这肮脏的灰尘也回落到更肮脏的蠕虫身上。"当斯拉克姆先生（Mr. Slocum）努力发动汽车时，鲁尼太太问他在干什么，他说："从我这里往前看，鲁尼太太，从挡风玻璃这往前看，看向前方的虚无。"①

　　除了荒诞，作品还表达了由死亡和虚无引发的痛苦，当鲁尼先生问鲁尼太太这一天过得怎样时，鲁尼太太说最美好的时刻已经过去。回忆、幻想和现实交织在一起。上帝似乎跟人们开了个玩笑，鲁尼太太意识到了人生的缺失和无处不在的死亡。剧中设置鲁尼太太失去了她的女儿，斯拉克姆先生轧死了一只母鸡，泰勒先生的女儿被摘掉了子宫等，都是丧失了生殖繁衍能力的，都是"倒下了的人（或物）"。

　　目前，这部广播剧已经被改编成舞台广播剧。英国国家剧院 RSC 艺术总监特里沃·南（Trevor Nunn）于 2012 年在伦敦的杰明街大剧院（Jermyn Street Theatre）再次执导了这部作品，他指出贝克特的这部作品能带给人真实的震撼，如果抱着欣赏一部新作品的态度去看待它就会收获更大。2014 年导演邓肯·弗莱泽（Duncan Fraser）又将其搬上了卡尔奇历史剧院（Cultch Historic Theatre）的舞台，持续放映了将近一个月。

　　而 1959 年 BBC 播出的贝克特的广播剧《余烬》（Ember）也是以爱尔兰为背景，虽然背景更模糊，但可以断定背景是都柏林南部海滩。贝克特这些广播剧的对白都明显带有爱尔兰英语的节奏和句法特点。《余烬》与《所有倒下的人》相比，更具有创新性和实验性。《所有倒下的人》里我们能看到许多传统广播剧的元素，而《余烬》则去除了对外部世界的关注，将重点移到人物的内心世界。贝克特通过不同的声音来展现主人公亨利（Henry）头

---

① 参见 "Samuel Beckett's *All That Fall* is a Masterpiece," by Colin Thomas on *Theatre Review*. December 30th, 2014.

脑里的幻想。

克拉斯·兹列卡斯（Clas Zilliacus）认为《余烬》的听众所面对的世界是完全主观的个人世界，因为亨利和其他人的戏中戏都只不过是出现在亨利的头脑中。马丁·艾斯林也提出了类似的观点。"背景——声音的背景，大海，亨利的靴子踩在鹅卵石上发出的声音——这些都是真实的。但是所有的声音都是内在的，不是外部声音，包括亨利无法在脑海中回想起他逝去的父亲的样貌时的内心独白，以及后来他妻子、女儿、导师的声音。这些声音将他的记忆物化了。"（Esslin 368）乔纳森·卡尔布（Jonathan Kalb）在《贝克特剑桥指南》中也认为《余烬》里的亨利跟他的女儿艾迪（Addie）在海边漫步，跟他的父亲谈话，他的父亲在海里溺死等等这些故事或许发生了，或许根本没发生，只是亨利脑海里未完成的故事而已。亨利还讲述了一个名叫博尔顿（Bolton）的人在一个冬日的深夜打电话给他的医生哈罗维（Holloway），原因是他想离开这个世界。亨利还跟艾迪的母亲、已经离世的艾达（Ada）对话，艾达对亨利表示同情。亨利回忆了他跟艾达的过去，贝克特还运用了倒叙和插叙手法，通过声音来表现。亨利不停地抱怨他无法逃避大海的声音的现实。艾达建议他咨询一下哈罗维医生，还让亨利顺便咨询下医生为什么他总是自言自语。当艾达不再回应亨利后，亨利又回到博尔顿的故事，然后在日记里写下：一整天什么都没发生。

有评论家认为这部作品有元叙事的特征。作者自觉地暴露了作品的虚构过程，产生间离效果，进而让接受者明白，使虚构在作品中获得本体意义。而阿尔瓦雷兹认为这是贝克特对自己创作经历的描述，是作家把戏剧创作问题戏剧化了。他说："这是每个作家的尴尬处境，特别是像贝克特一样故意将自己封闭五六年以便从事创作的孤独作家。"（A. Alvarez 118）

整个故事就像是亨利的个人狂想曲，叙述思维跳跃，无章可循，反映了亨利内心的极度孤独和他的分裂人格。而且这些轮廓粗犷的故事在广播这个媒体中能够很好地呈现给听众，如果表演出来反而失去了相应的效果。贝克特追求的就是完全依靠声音来塑造人物的这种境界。广播剧的艺术特征决定了：留给听众思忖的时间很少，语言必须最大精简化，声音个性必须最大化地鲜明易懂。评论家约翰·皮林认为也许贝克特还应该在戏剧里加入亨利父亲的声音。但是也有人认为是否加入亨利父亲的声音意义不大，认为贝克特是有意而为之，故意省略。因为在全剧中，人们似乎可以通过大海的声音、通过别人的话语及亨利的反应"听见"亨利父亲的声音。

亨利在《余烬》里说的第一个结结巴巴的句子是："继续，停……"每个词都说了两遍，而且第二遍更带有感情色彩。与大海的声音形成对比的是剧中人物对元音 o 的频繁使用。从"继续（on）"到"不（no）"，从肯定到否定（no 的拼写与 on 刚好相反）。亨利以 on 这个词开头，然后自问自答："现在谁在我的身边？……（停顿）我的父亲，一位又盲又聋的老人，从死神那里回来了，就好像他从来没死去……（停顿）不，他不回答我的话，不……"[①]（93）后来博尔顿的描述也是如此，"没有光，没有声音，一点声音也没有。"马杰里·帕洛夫（Marjorie Perloff）[②]在他的文章里还指出亨利的妻子和女儿的名字艾迪和艾达名字在发音上接近阿尔法（Alpha），而博尔顿和哈罗维名字里都有 o，跟 on 和 no 一起代指欧米茄（Omega）；而亨利名字里的 /e/ 和 /i/ 则区别于其他姓名，特指自我。亨利的妻子说的："亨利做这些是为了我"（97）时也特别突出"我"这个词的发音。

但是，如果说亨利在剧中对所有的声音有"控制权"就不够恰当了，因为剧中的主导声音是大海的声音。每次亨利提出关于父亲问题，都是被大海的声音打断。比如"你能听见我说话吗？（停顿）是的，他肯定能听到。（停顿）要回答我（停顿）不，他不回答我（停顿）只是跟我在一起"（93）。

---

① 见 1984 年版的《贝克特短篇戏剧集》，引文为笔者自译。以下关于该剧的引文原文均出自此处。

② 其文章参见 http://wings.buffalo.edu/epc/authors/perloff/beckett.html，所引文字为笔者自译。

贝克特在剧中运用了广播这一特殊媒介去除了视觉手段这一特点来表达了一种世界的未知和认识的不确然性。如果是在舞台上表演，可能海边的景象就需要被呈现，但是仅通过声音传达给听众会拉大听众与故事背景的距离，留给听众更多的想象空间。当作者说我们听到的声音不太像大海的声音时，听众会对地点感到不确定，感觉自己没有完全进入到亨利的精神世界，从而产生间离的效果。同样，亨利提到自己的父亲在海里溺亡，却又说从来没有找到他的尸体，没有证据证明父亲不是离开家隐姓埋名去了别的地方，这些都会让听众感觉到个体与世界的不和谐和分离。据说这种重复、停顿和不确定性的语言表达，不仅是都柏林人的语言表达方式，也是贝克特母亲的言语方式。

音响效果和音乐的使用也是十分重要的。在剧中贝克特运用一些特殊的声音，如树枝、链条、滴水的声音，以及音乐来进行表达。语言、音乐、音响被称作广播剧的"三要素"，长久以来，一直处于主导地位的是语言，音乐、音响则往往处于从属位置。但是音乐和音响的作用同样不容忽视。首先，音乐强化了广播剧的可听性，对细节描绘和人物心理展现有非常好的衬托作用。其次，音乐延伸了广播剧的想象空间，带给听众纵深感和环境感。相对于语言的掷地有声，音乐更容易渲染剧情，伸延听觉戏剧的思想空间。这也是贝克特广播剧的独特魅力所在。不过，要实现这一点，对演出中的实际操作和音乐制作人对剧中音乐结构感的把握都会有较高的要求，所以后来贝克特最终回归到了对"声音本质"的思考，走向纯粹的沉默阶段。

第二节 无限延伸的表现形式：贝克特的电视剧创作

贝克特曾说最好的戏剧是没有导演没有演员，只有戏剧本身。他的电视剧创作充满张力，在突出电视媒介效果的同时，超越了语言的表达，人物也不断缩减和消融，以一种极端的形式表达人内心的痛楚、意识流动和存在的混沌，推翻了戏剧里的"第四面墙"。

戏剧术语"第四面墙"是一面在传统三壁镜框式舞台中虚构的实际上并不存在的"墙"。它可以让观众看见戏剧中的观众。最早使用"第四面墙"这个术语的是法国戏剧家让·柔琏（Jean Julien）。1887年他在评价根据爱弥尔·左拉[1]小说改编的《雅克·达摩》时，明确提出演员必须表演得像在自己家里一样，不要去理会观众的反应，任他鼓掌也好，反感也好。舞台前沿应是一道第四堵墙，它对观众是透明的，对演员来说是不透明的。它连接着编剧手法和表演方式、舞台美术的一连串革命。

"第四堵墙"就像是戏剧的画框，除了在舞台与观众席之间，也许还存在于观众与表演者心灵之间。但是戏剧并不一定都是写实的，英国戏剧理论家斯泰恩认为当创作的激情触及我们所有人的最深刻的情感时，戏剧可以完全摆脱现实主义从而跨入祭礼的门槛。布莱希特针对僵化的舞台现实主义说过这么一段话："形式一旦凝固也就不再适应时代的需要。硬在自己和观众之间筑起一道墙，将人的似乎真实与超然的生活搬上舞台，演出在一边，观众在另一边——除了给观众提供一面镜子外，没有向他们展示别的任何东西。"（布莱希特 1992）[2]评论家文森特·坎比（Vincent Canby）在 1987 年将其描述为"一个将观众与舞台永远隔离的隐形屏障"。后现代主义艺术形式很快也疏远了"第四面墙"。当演员对着摄像机以非角色身份诉说剧情，这是一种突破传统的表演方式。即角色突然从剧情抽离，向观众讲述角色的情绪、状态以及情节的发展等，比如主演经常会演着演着突然盯着镜头，来段内心独白，并试图用眼神与观众交流。

作为一个永远在求变化、不断超越的剧场艺术家，贝克特开始了对这种

---

[1] 爱弥尔·左拉（法语：Émile Zola，1840 年 4 月 2 日—1902 年 9 月 28 日），法国自然主义小说家和理论家，自然主义文学流派创始人与领袖。

[2] 参加 1992 年版的《布莱希特论戏剧》，高音在 2005 年《艺术评论》第 1 期发表的文章中引用了此段文字。

幻觉现实主义的反叛。这种打破"第四面墙"的表演方式在贝克特的作品中经常见到。贝克特在有限的空间和时间内展示了原则上无限的空间和时间，过去、现在与将来，人世、天堂与地狱，现实、幻想与思考都可以呈现在观众面前。贝克特的电视剧作品之所以具有重要地位，原因之一就是他打破了戏剧传统，认为舞台上没有不可以表现的东西，他通过直接与观众对话的独特形式使观众参与到戏剧作品中，直接向观众表达角色的愤怒、沮丧、动机与渴望，向世人证明了戏剧还可以是另外一种样子。

贝克特与英国广播公司（BBC）有长期的合作关系，贝克特的许多广播剧和电视剧最初就是由 BBC 播出的。2012 年，英国电影学院制作了一期关于打破"第四面墙"的实验性电视剧节目，放映了由 BBC 在 1966 年放映的贝克特的作品《嗯，乔》（*Eh, Joe*）。

《嗯，乔》是贝克特的第一部电视剧作品，也是一部实验性作品，于 1965 年 4 月 13 日贝克特 59 岁生日时开始创作，同年 5 月 1 日完成。之后还有"六个未标识日期的打字文件（标记为 0—4 及终稿）"[1]。虽然这部英文版的剧本被首先录制，但是 BBC 未能及时播出，而是在 1966 年 4 月 13 日，贝克特 60 岁生日时，先播出了《余烬》及《嗯，乔》的德文翻译版。英文版是由 BBC 二套节目在 1966 年 7 月 4 日播出的。演员杰克·麦克高兰（Jack MacGowran）[2] 在剧中饰演乔。这部电视剧是贝克特专门为杰克·麦克高兰所创作，剧中主角乔的本名就是杰克。贝克特也参与了该剧的导演工作。自放映以来，这部作品已经有十几个版本了。

戏剧开头呈现了一个五十多岁、头发灰白的男人乔独自坐在一间典型的贝克特式的房间里，披着一件破旧的长袍，脚上穿一双拖鞋。就像孩子在检

---

① 参见 Pountney, R., *Theatre of Shadows: Samuel Beckett's Drama 1956-1976*（Gerrards Cross: Colin Smythe, 1988），第 130 页。

② 杰克·麦克高兰是 20 世纪 50 到 70 年代活跃在剧坛和电影界的著名演员，代表作品有《汤姆·琼斯》、《李尔王》、《驱魔人》等。

查屋里有没有怪物一样，乔在房间里四处查看。他在房间里走动时，镜头也跟着他移动：站起来，走到窗边，打开窗子，往外看，拉上窗帘，专心致志地站着；然后走向门，打开门，关上门，锁上门，专心致志地站着；然后从门走向壁橱，做着重复的类似动作；再从壁橱走到床边，弯下腰往床下看，最后坐在床沿边，松了一口气。

镜头语言在这部作品中有着重要作用。乔坐到床上时，有个他的镜头特写，他双目微闭，表情放松。贝克特说镜头在对准乔的面部时，最初从一米远的地方开始，逐渐拉近，中间有九次停顿。数字九不免令人联想到但丁的《地狱》及死亡意象。当一个女人跟乔讲话的声音出现时，乔睁开了眼睛，带着专注的表情。特写镜头的使用可以更好地将乔对女人声音的反应呈现出来，这个声音也许正是乔的意识的声音。剧中唯一的演员乔被困于这个房间，如同《电影》（*Film*）里的场景一样。贝克特最初设计的是让乔坐在一个圆形椅子上，后来他经过思考，认为还是独自一人坐在床上更合适。这个女人一共说了九次话，每次都很短，但这期间，乔一直保持专注的神情，眼睛一眨不眨地盯着镜头。演员杰克·麦克高兰曾回忆这二十二分钟的表演是前所未有的体验，不能眨眼是非常辛苦的，但他同时感觉非常喜欢这份工作。他认为贝克特的这部电视剧是他遇到的堪称完美的力作，将人的心灵和思想在电视镜头下一览无余地展现了出来。

剧中女人的声音暗指来自过去的回忆和心灵的声音。记忆依然是贝克特探讨的主题。不但这部作品如此，贝克特的其他多部电视剧作品（《游走四方形 I，II》① 例外）根据荣格的观点，意识的某些方面可以转化成独立的人格，甚至可以被看到或听到。它们会以视觉图像或人的声音的形式呈现。戏剧中的人物展现了双重的心理特征，令人联想到荣格理论中的两个相关概念，一个是阿尼玛（anima），即男性身上特有的女性/阴性特质。当阿尼玛高度聚

---

① 英文名为 *Quadrat I & II*，最初的英文名为 *Quad* 。

集时，便可使这个男人变得容易激动、忧郁、嫉妒、虚荣。另一个是荣格理论中的阴影（Shadow），即我们自己内心深处隐藏的阴暗存在或无意识层面的人格特征。阴影的组成或是由于意识自我的压抑，或是意识自我从未认识到的部分。《嗯，乔》里的声音不是乔内心黑暗的一面，而是与他性格中的男性特征自我（不诚实、好色、相信宗教）相对立的女性特征（忠诚不变、安全可靠、不信宗教）的体现。在这部二十多分钟长的戏剧里，乔自始至终都没有讲话，只有那个女人的声音在一直拷问他，并且斥责他与自己爱人的死亡有关。贝克特的《鬼魂三部曲》（Ghost Trio）也是呈现了一个男人的意象和一个女人的声音。在这些戏剧中，女人的声音是过去的记忆，它们折磨着剧中人物的现在。

贝克特在这些电视剧中基本上把人物设定在一个封闭的空间里，以衬托人物的孤独和被异化的处境。《鬼魂三部曲》的场景设置同《嗯，乔》一样，也是在一个封闭的房间，只有窗子，只有一个演员坐在凳子上，拿着一台录音机。《游走四方形Ⅰ，Ⅱ》则是把房间换成了封闭的四方形。如同行为艺术一般，这部作品消解了语言和意义，仅用动作来记录人类生命的状态。

这部作品中还强调了非传统戏剧手段如音乐的使用。贝克特从小喜爱音乐，他出生在一个音乐氛围浓厚的家庭，祖母有音乐天赋，叔叔和阿姨都是不错的钢琴家，父亲有时还会一起演奏海顿弦乐四重奏、莫扎特或贝多芬交响曲的四手联弹改编。当然，后来的妻子主修的还是钢琴专业。其实，贝克特早在其舞台剧创作中就加入了音乐，在《啊，美好的日子》里，温妮喜爱的物品之一就是一个八音盒，剧中有对她听音乐的描述，她听着《快活的寡妇》中"美好的时刻"圆舞曲，双手把八音盒抱在胸前，露出一种幸福的表情，随着节奏左右摇晃。极少有人能像贝克特一样将音符彻底地融入自己的文学创作，从舞台剧到广播剧和电视剧，音乐的作用都是不容忽视的。

《鬼魂三部曲》这个题目就来自贝多芬的同名乐曲。《所有倒下的人》

中所使用的舒伯特"死神与少女"弦乐四重奏,《鬼魂三重奏》一剧里使用
的七个贝多芬片段,《爱和忘》(Love and Lethe)一剧里的拉威尔《帕凡舞曲》,
以及另一部广播剧《灰烬》里的肖邦的降 A 大调第五号圆舞曲……与优美场
景并置,常常都是萧条和颓废。在《鬼魂三部曲》里,当剧中演员所等的女
人没有到来时,他回到椅子上听音乐,听的曲子就是贝多芬的第五钢琴三重
奏《鬼魂》。贝克特还在剧中需要插入该曲的地方做了明确标识。值得一提
的是,《鬼魂三部曲》里的音乐并不是来自戏剧中呈现的那台录音机,贝克
特也没有交代音乐是从哪里传来的。根据詹姆斯·诺尔森所言,贝克特之所
以选用这个曲目,是因为这是贝多芬为歌剧版的莎士比亚四大悲剧之一《麦
克白》所创作的配乐,乐曲保留了《麦克白》中的某种宿命的气氛和灵异世界。

布莱希特曾经提出叙事体戏剧的剧作理论,从布局上去探索"立体结构"
从而建立一个戏剧文学中的三维世界,以"观众参与"为目标用陌生化的手
段来激发观众的理性思考。而贝克特则用"直喻"手法和"无意义的语言"
展示模棱两可的世界,揭示人与世界的荒诞对峙。

克特向观众提出了挑战,留有空间,让观众自己去解码剧本的戏剧形式,
并将其与个人的切身经历和观点结合起来。当然,有些戏剧形态和表演形式
观众认为难以解读。在《游走四方形Ⅰ,Ⅱ》中,视觉形象取代了语言位置,
四个裹着白布的人,在音乐节奏中穿过广场,自始至终都没有讲话。四个人
从广场的四个角落出发匆忙穿越广场,看上去小心翼翼,又好像刻意避开广
场的中心。詹姆斯·诺尔森曾经问贝克特:"广场中心那个危险地带是不是
道教中的'安静的中心'?贝克特否定说:'不是,至少,这并不是我的本
意。'他想强调的是人类'存在'中不断出现的烦躁情绪。"(海恩斯、诺
尔森:13)

总之,贝克特的电视戏剧创作用反经典、反系统和反深度的直喻符号和
剧场性的全面直喻创造了具有震撼力的感官戏剧,通过破裂与解体的方法化

解了传统戏剧的语言功能。有的电视剧制片人将贝克特看作是文化精英，马丁·艾斯林撰写著作赞扬他的作品的美学价值。贝克特在反叛传统戏剧中体现的探索精神为后世戏剧创作作出了一个重要的榜样。

第七章 贝克特戏剧的舞台表演

许多著名的剧作家都表示，优秀剧本不是在案头或排练场完成，而是在剧场不断的演出过程中完成的。戏剧作品只有被搬上舞台接受观众的考评，才能不断改进，彰显其内在魅力。半个多世纪以来，贝克特的戏剧作品被人们以各种不同的方式在世界各地搬演，创造了久演不衰的记录。本章试图将贝克特的戏剧作品在世界各地的舞台演出情况进行梳理，以探讨贝克特戏剧受到观众喜爱的根本原因。

第一节 永远的戈多

贝克特的《等待戈多》最早创作于 1948 年，几经出版周折。1949 年，法国导演罗杰·布林（Roger Blin）[①] 开始以导演为职业后，贝克特两次观看了他执导的奥古斯特·斯特林堡的《鬼魂奏鸣曲》[②]，遂即决定把《等待戈多》剧本交给他导演。这部剧本于 1953 年 1 月在巴黎的巴比伦剧院（Théâtre de Babylone）的实验剧场被布林搬上舞台，由于原定的一位演员退出，导演布林亲自上阵，在剧中饰演了波卓。当时的观众多为品位高雅的巴黎人，但这种先锋的表现形式却一时难以被接受。演出尚未结束，有些观众便开始离

---

① 布林（1907-1984），法国导演，演员。以写作影剧评论为职业，被公认为荒诞派戏剧导演和贝克特剧作最杰出的解释者。

② 奥古斯特·斯特林堡（August Strindberg，1849—1912），瑞典戏剧家、小说家、诗人，现代文学的奠基人，世界现代戏剧之父。被誉为瑞典的国宝。《鬼魂鸣奏曲》创作于 1900 年。

席。但是留下来观看的观众给予了这部戏高度评价。这部戏当时在巴黎产生了轰动，也引起了支持者和反对者双方的激烈争论。法国著名剧作家兼评论家让·阿努伊（Jean Anouilh）将这一盛事与 30 年前意大利戏剧家路伊吉·皮兰德娄①《六个寻找作者的剧中人》具有历史意义的首演相提并论，他还敏锐地将这部新作描述为"一部杂耍戏院短剧，一部由弗拉泰利尼的小丑出演的帕斯卡的《沉思录》"。②

此后随着演出场次的增加及罗伯·格里耶③等名家的推荐，傲慢的巴黎人接受了这一反戏剧的探索，该剧创纪录地连演了三百多场，"等待戈多"成为了人们在大街小巷谈论的热门话题。后来该剧在欧美广泛传播，连续 16 个月盛演不衰，成为 20 世纪具有里程碑意义的现代主义巨作。

1953 年 9 月 8 日，德语版《等待戈多》在德国柏林的许洛史巴克剧院上演。观众普遍认为这一戏剧契合了战后处于失败、分裂、对峙、沮丧的战败情绪中的德国民众的心理，此时的戈多对他们而言无异于心灵的救赎。

1955 年 8 月 3 日，24 岁的彼德·霍尔（Peter Hall）导演了法文戏剧《等待戈多》，并在伦敦艺术剧院首演了英文版，这部英文剧本是贝克特自己根据法文进行翻译的，并添加了副标题"两幕悲喜剧"。该剧虽然在上演时一度导致了剧场的混乱和一部分观众的嘲笑，但最终证明是个巨大的成功。《等待戈多》打破了戏剧界的游戏规则，并且引发了英国戏剧界的改革。戏剧评论家哈罗德·霍布森④说《等待戈多》"摆脱了英国戏剧对情节的束缚。它摧毁的是这样一种观念：剧作家就是对于自己的剧中人无所不知的上帝，就是

---

① 路伊吉·皮兰德娄（1867-1936），意大利小说家、戏剧家。1934 年获诺贝尔文学奖。获奖理由："他果敢而técnica巧妙地复兴了戏剧艺术和舞台艺术"。

② 见中文版《贝克特全集》序言，贡塔尔斯基文，刘爱英译。

③ 全名阿兰·罗伯·格里耶（Alain Robbe-Grillet），1922-2008，是法国著名"新小说派"代表作家。他反对传统叙事，他被认为是世界上最重要的先锋作家之一。

④ 英国著名评论家。1958 年品特的《生日晚会》首演遭质疑时，哈罗德·霍布森也曾为其辩护。

能够全面回答我们一切难题的哲学大师。它说明，阿彻所说的一部好的剧作模仿的是生活听得见看得着的表面的那段名言并不一定就是真实的。它表明，戏剧接近或者能够接近音乐的状况，较之于理性能够触动更深的心弦，传达出超越逻辑意义的更为丰富的信息。它在一夜之间让英国戏剧获得了新生"。[①]

1956年1月3日美国版《等待戈多》在佛罗里达州迈阿密沙滩的椰林剧场首演。据说大部分观众都是来此娱乐消遣的度假的人，他们并没有被这部剧逗乐。1957年《等待戈多》在旧金山上演。当它在美国纽约百老汇上演时，评论界将其称为"来路不明"的戏。但是当这部戏于1957年在美国圣昆丁监狱由旧金山演员实验剧团上演时，出奇地受到了1400名囚犯观众的一致好评和欢迎。美国见证了自该剧上演以来最为感人的一幕。囚犯们认为该剧表现了世界的不可知和命运的无常，表现了他们这类人的生存处境和等待的心境，引起了他们的共鸣。他们的刑期，用奇妙的贝克特式的表述来说就是"终身"，因此他们在观看和理解这部戏剧时毫不费力，这也是自1913年萨拉·伯恩哈特[②]之后，此监狱第二次给囚犯们推出戏剧表演。根据监狱报纸《圣昆丁新闻报》上的专栏文章《首场夜演之剧的备忘录》记载，观众们能够轻而易举地完全理解戏剧内容并产生认同感和共鸣。

这部作品饱含哲理，是贝克特通过不同于常规戏剧的形式在探讨哲学问题、探讨人的存在。同时，他把哲学话语与杂耍喜剧、滑稽好笑的无声电影中的意象混合起来，从情感和理智两个方面打动观众。1957年11月28日《圣昆丁新闻报》的评论人说："我们仍然在等待戈多，还会继续等下去。当舞台布景变得过于乏味，动作过于缓慢的时候，我们就会呼唤彼此的名字发誓

[①] 见中文版《贝克特全集》序言，贡塔尔斯基文，刘爱英译。

[②] 莎拉·伯恩哈特（Sarah Bernhardt，1844年10月23日出生于巴黎，1923年3月26日逝世于巴黎），是19世纪和20世纪初最有名的法国女演员。以出演拉辛的经典剧作中的女主角和维克多·雨果的浪漫剧作中的女主角而广受欢迎。曾经赴美国巡演。

永不相见——但那个时候已经没有地方可去了。"^①后来《等待戈多》这部戏在美国很受欢迎，到 1980 年在美国已经演出了几十场。

1957 年 1 月，《等待戈多》在华沙首演，刚开始观众半路离席，连续十天入座率很低，后来赫鲁晓夫的苏共二十大秘密报告传出，在波兰引起巨大反响。《等待戈多》开始受到波兰人民的欢迎，随之拉开了东欧荒诞派戏剧的序幕。

同年，导演布林在法国试图将该剧搬上舞台，却遭到了重重困难，但最终在伦敦的王家宫廷剧院用法语完成了首演，后转场到巴黎的香榭丽舍小剧场。法国利摩日国立戏剧创作中心也在后来出演过该剧，由法国新晋话剧导演琼·朗博·威尔德（Jean Lambert-Wild）携手马塞尔·波佐奈特（Marcel Bozonnet）、洛伦佐·马拉哥维拉（Lorenzo Malaguerra）联合执导。他们起用两位科特迪瓦演员扮演迪迪和戈戈，为贝克特这部经演不衰的戏带来新的诠释主题。

自前面提到的 1953 年该剧在德国上演之后，《等待戈多》又在德国多次上演。1975 年，贝克特亲自在柏林的席勒剧院排演《等待戈多》，这也是他第一次导演这出戏。他亲自挑选演员和舞台设计。这无疑是最贴近贝克特想象的一个版本。

1989 年 12 月 31 日，为了纪念 80 年代的最后一天，中央戏剧学院的孟京辉跟他的团队一起排练了他们的"即兴超实验行为废墟摇滚话剧"《等待戈多》。但是不幸的是，演出未能获得校方的同意，他们在失望之余，以每人一段的形式朗读了剧本。在孟京辉的执着钻研下，1991 年 6 月，这部戏剧最终以他攻读导演硕士学位的结业作品的形式在中央戏剧学院亮相。当时，胡军和郭涛在剧中扮演两位流浪汉，如今二人在娱乐圈也都有重要的影响。孟京辉的这版《等待戈多》在剧情上有一些改动，他用一对穿着护士

---

① 见中文版《贝克特全集》序言，贡塔尔斯基文，刘爱英译。

服的双胞胎代替了送信的孩子。与原剧不同的是，贝克特作品里始终未出现的戈多在孟京辉的戏里出现了，当舞台一侧瘦小的戈多的身影出现时，两个流浪汉冲上去将他们苦苦等待的戈多静静掐死了。这部实验性的力作令人震撼，显示了孟京辉的才华和导演能力，即便在今天看来，这也是一部优秀的作品。

《等待戈多》的荒诞性和诗意在社会灾难和经济政治危机的环境下似乎更容易引起那些充满焦虑、怀疑和希望的复杂情绪的人们的共鸣。1993年，美国女性主义思想家苏珊·桑塔格将贝克特的《等待戈多》作为一个重要项目搬演到了东欧战火纷飞的萨拉热窝。苏珊·桑塔格认为这部剧特别适合在那样一个缺水少电、没有食物和暖气的地方演出，人们在敌人的包围下冒着生命危险生活时，还能有这么一部好作品来警示大家真的是特别难能可贵的事情。同样，在前南斯拉夫，贝克特的《等待戈多》也是人尽皆知的作品。

在中国，继孟京辉之后，在1998年1月26日，北京人民艺术剧院国家一级导演任鸣推出了小剧场话剧《等待戈多》。这是该剧在中国的首次公演，也是中国话剧第一重镇首次公演外国荒诞剧。与其他版本不同的是，该剧当时在中国上演时，导演用两名女演员来代替了原剧中的两个流浪汉，从现代人的视角表现现代人的孤独无助。虽然当时这部话剧引起了争议，但它的与众不同时至今日依然让任鸣导演感到自豪和满意。

同年4月，"混搭"版的《等待戈多》在中国上演。林兆华戏剧工作室将《三姐妹》和《等待戈多》变成了《三姐妹·等待戈多》，阐释"不同的时代，相似的命运"的主题。在这部改编后的戏剧中，两个流浪汉的台词被保留，两个流浪汉还同时充任和二姐玛莎、小妹妹依丽娜有感情关系的韦尔希宁中校和屠森巴赫男爵的角色。两部戏被交叠在一起，大概是因为二者有共同的主题"等待"，在本书第五章中，笔者也曾指出二者之间的继承关系和相似之处。另一个突出的特点是，在改编后的戏剧中，还有一男一女两个演员替不同角色解说。虽然导演将两部戏揉杂在一起，安排到了同一个舞台和同一个时空里，还模糊了两个剧本连接时的台词，但是却保留了两部戏各自不同的语言风格。这部改编后的作品一共演出了十九场。

2001年女性版的《等待戈多》在上海肇嘉浜路上的真汉咖啡剧场上演。当时由剧作家张献和李容、美术设计家王景国、戏剧活动家张余等联袂出击，主人公由一名女演员担纲饰演。这也是策划人借以谋求小剧场和民间表演生存空间之举，但是并未给荒漠化的上海戏剧界带来任何转机。真汉咖啡剧场两年后被迫关门。

2003年孟京辉再出奇思，想设计一场"百人等待戈多"的大戏，在孟京辉的设想里，这一次的演出将是十分恢宏和壮观的。在文学上，它是诗意荒诞喜剧，在舞台上，它是视觉舞蹈剧场，在训练上，它是形体开放组合。可惜的是，由于2003年全国范围内的非典疫情，该剧最终未能如愿以偿地上演。

2004年5月13日至5月15日，被评为最原汁原味的《等待戈多》由来自爱尔兰都柏林的门剧团（The Gate Theatre）在首都剧场上演。这个版本也被公认是21世纪最权威的版本。

2006年，贝克特100周年诞辰之际，台湾导演吴兴国把舞台剧与京剧的唱念做打相融合，并引入昆曲的曲调打造了"京剧版"的《等待戈多》，当时李立群和赖声川是戏剧顾问，金士杰是戏剧指导。该剧当时突破了传统丑角的演绎方式，在上海话剧中心艺术剧院上演。后来《等待戈多》在中国被编排成中国风现代舞舞剧和京剧，还进入了CCTV中国文艺榜人气话剧奖（年奖）。

2009年，英国重新推出舞台剧《等待戈多》，由《魔戒》[①]中巫师甘

---

① 又译《指环王》（*The Lord of the Rings*），是英国作家、语言学家、牛津大学教授约翰·罗纳德·瑞尔·托尔金创作的长篇小说。该书是《霍比特人》的续作，被公认为近代奇幻文学的鼻祖。后被拍成同名电影《魔戒》三部曲：《魔戒现身》、《双塔奇兵》、《王者归来》。

道夫的扮演者伊恩·麦凯伦（Ian McKellen）和帕特里克·斯图尔（Patrick Stewart）扮演两个流浪汉，在伦敦巡演。导演肖恩·曼德尔斯（Sean Mathias）表示当世界让人心神不宁、捉摸不透、担心忧虑时，就是该剧最佳的上演时机。因为《等待戈多》能用一种微妙又富有诗意的方式，教导人们从绝望中振奋，从悲观中看到希望，以更好地审视自己的信仰、关注自己的内心。同一年，由纳森·连恩（Nathan Lane）和比尔·厄文（Bill Irwin）主演的美国版本也在百老汇再次登上舞台。贝克特的《等待戈多》已经成为世界戏剧舞台上的一面不倒的旗帜。

2014年，罗巍①导演以贝克特的伟大底本为依托，执导了幕间戏剧《等待·戈多》作为其权力"三部曲"之一。有人评论说这部剧作是最忠实于原著的颠覆。在这部戏里，导演将戏剧场景设置为一个"垃圾场"，类同于艾略特意义上"荒原"式的存在，以暗喻人类的精神处境。舞台上有一尊雕像，已经破损，象征极权时代结束后的当下。圆柱形底座正面露出三个字"知识就"，让人联想到英国学者培根的"知识就是力量"以及福柯的"权力与规训"，而这几个字的位置让人意识到知识不是在自由的地方，而是在权力之下，与福柯的观点相吻合。导演还在戏中加入了一些名牌元素和现代元素，以展现当今社会金钱和财富意味着权力。这样名牌就成了波卓作为一个主人的符号。在我们的人生舞台上，旧的偶像坍塌了，新的偶像即金钱被扶上了空置的神坛。而波卓的指鹿为马，张冠李戴则增强了戏剧中的不确定性。导演还在剧中加入了京剧这样的传统中国文化元素，将两位流浪汉的戏份戏曲化，以增强游戏感和荒诞感。这部戏剧将一个普遍问题扔给了观众，即在一个上帝已经死了的世界上人该如何为人，如何生存。

---

①罗巍，导演，毕业于中央戏剧学院，现在上海戏剧学院电视艺术系工作。2012年导演《朱莉小姐》获口碑，2014年导演《等待戈多》。曾主演青春偶像剧《北京夏天》，话剧《我可怜的马拉特》、《卡利古拉》、《三姊妹》、《安道尔》、《枕头人》等。

2015 年导演伊万·潘特列耶夫带着他的作品《等待戈多》参加了"柏林戏剧节"，将贝克特曾经汲取的西方流行喜剧传统做了一次精神传承式的汇报演出。在这部作品中，贝克特原作中的帽子、靴子、绳子等物件几乎被全部抛弃。舞台呈现的仅仅是一个灰色的斜坡，中间地带有一个倒锥形的凹陷，开场时舞台由一块粉红色的巨型幕布覆盖。两位流浪汉吃萝卜的部分给人一种画饼充饥的无奈，无实物的表演则让戏剧的游戏性更加突出。戏剧弱化了贝克特之前强调的诸如戈戈裤子的掉落这样的悲剧效果，强化了对人类语言和生存境遇的嘲讽。

2016 年 5 月，《等待戈多》由台湾当代传奇剧场在中山市文化艺术中心大剧场再次演出。在台湾，这部剧一直被翻译为《等待果陀》，或许是因为"果陀"容易让人联想到"因果"与"佛陀"两词所携带的对命运的某种东方式感慨与思考。剧中的两个主要人物被唤作"哭哭"和"啼啼"，舞台依旧是灰色斜坡，主题未变，剧情未变，但是台词改为了唱词，将传统戏曲的审美和程式与其结合，塑造了全新的视觉效果。

《等待戈多》的舞台呈现给全世界的观众带来了视觉冲击，同时引发出对一系列问题的发问：科学与宗教的关系、知识与权力的关系、人与人之间的关系、人类精神的荒漠化、人的孤独感、社会的真相，等等。多少年来，似乎全世界都在等待戈多。《等待戈多》并不荒诞，现实世界才是荒诞的。正因为《等待戈多》的世界性和永恒的魅力，它才能在世界舞台上盛演不衰、历久弥新。

第二节 其他戏剧的跨文化表演

除了《等待戈多》，贝克特的其他戏剧作品也常常受到导演们的青睐。1957 年布林就曾先后在伦敦和巴黎导演过贝克特的《终局》。《终局》是与《等待戈多》齐名的贝克特戏剧，被认为是史上最难解读的剧本之一。迄今为止，这部戏剧有许多不同的版本，如 1957 年版、1958 年 1 月版、1984 年版、2005 年版、2006 年上话版、2008 年版、2012 年版、爱丽丝剧场实验室版及台南人剧团版等诸多版本。

这部作品最初用法语写成，遭到了前所未有的冷遇，在巴黎，没有一家剧院愿意接受这部戏，也没有人愿意排练它。在贝克特的努力游说下，罗杰·布林接受了出任该剧导演的邀请，但是法文版的首演不是在它的诞生地法国，而是 1957 年 4 月 3 日在伦敦王家宫廷剧院完成的。同月，该剧又在巴黎香榭丽舍小剧场再次上演。之后，贝克特亲自完成了该剧的英文版创作，增强了作品的荒诞意味。

1958 年 1 月 28 日，执导《终局》的是导演艾伦·施耐德（Alan Schneider）。他将该剧的英文版搬上了纽约舞台，获得了评论界极大的关注，被约翰·恩特瑞克（John Unterecker）导演称作是一次外百老汇戏剧的重要胜利。

这部戏上演的曲折说明了它较高的表演难度。贝克特自己对这部戏是非常满意的，但是他也承认要想演好这部戏并非易事。

2000 年《终局》电影版由科纳·麦科菲森（Conor McPherson）导演。他有意识地将这部晦涩难懂的戏剧以简单的方式呈现给观众，展示其有趣的一面，从而揭开贝克特戏剧的神秘面纱，拉近它与观众的距离。在他看来，只有这样，人们才能正确解读贝克特这部苦中带甜的喜剧，才能真正走进贝克特的世界。

同年，美国西部之春剧团导演托尼·维茨纳（Tony Vezner）导演了一个不同版本的《终局》，他认为贝克特这部作品具有特别高的艺术价值。跟卓别林①电影里的人物一样，《终局》里的人物与艰苦的命运斗争，从来都没

---

① 查理·卓别林（Charlie Chaplin），1889 年 4 月 16 日生于英国伦敦，英国影视演员、导演、编剧。他的第一部电影是《谋生》。《摩登时代》是其知名的代表作品。

有放弃。他们处境尴尬，但他们继续生活着。剧本里的滑稽幽默是残酷的，让人发笑，也让人悲痛。这种真实的痛苦就是戏剧要传达给观众的。

德国导演沃尔特·阿斯姆斯（Walter D.AsmuS）①1974 年与贝克特相识，此后在戏剧及电视领域内与贝克特长久合作、共事多年，已经导演过 17 部贝克特的作品。他于 1988 年和 1991 年两度与爱尔兰门剧院共同完成贝氏作品，先后上演于芝加哥、纽约、墨尔本、多伦多、伦敦等地，并实现了 2000 年的美国巡演和 2004 年上海、北京之行。他特别喜欢贝克特的《终局》，曾先后在丹麦、波兰、德国及中国四次执导《终局》。2005 年，在上海话剧艺术中心成立 10 周年之际，他受邀亲自执导该剧，剧中演员大部分都十分年轻，只有二十几岁。小剧场话剧《终局》在上海上映时，实行了与欧洲剧场相同的提前十分钟入场的规则，给了所有参与其间的人一次纯粹的戏剧体验。这部戏的演出非常成功，受到观众的高度评价。

除了《终局》，艾伦·施耐德还导演了贝克特的《啊，美好的日子》，最早于 1961 年将其搬上戏剧舞台。第二年 11 月，该剧又由乔治·戴维恩（George Devine）和托尼·理查逊（Tony Richardson）共同导演，在英国皇家宫廷剧院上演。

2016 年 5 月，导演詹姆斯·邦迪（James Bundy）将《啊，美好的日子》搬上了美国耶鲁大学剧院（Yale Repertory Theatre）的舞台。

2016 年中国国家话剧院邹爽版的《啊，美好的日子》于 7 月 16 日至 23 日在国家话剧院先锋剧场进行全球华语首演。剧本由邹爽亲自翻译并执导，由国家一级演员，中国戏剧梅花奖、中国话剧金狮奖得主冯宪珍领衔主演。在这之前，这部戏剧已经被翻译成多国语言，在世界各地上演了一百多个版

① 沃尔特，德国导演，以导演贝克特的作品而闻名。1978 年与奥斯汀·潘德顿（Austin Pendleton）、米洛·奥谢（Milo O'Shea）和萨姆·沃特斯顿（Sam Waterston）一起合作，在纽约布鲁克林音乐学院（BAM）上演《等待戈多》，还担任了 2000 年秋天在柏林举行的贝克特国际戏剧节的艺术总监。

本了。这个版本在改编上与罗巍版的《等待戈多》有相似之处，即导演都力求让观众看懂这部戏剧。邹爽在翻译剧本时除了尽量保留原来的意思，还特意把语句做了调顺处理，同时加入了中国观众喜闻乐见的元素，如山东方言。

此外，1958 年 10 月在英国伦敦皇家宫廷剧院首演的独幕剧《克拉普的最后一盘录音带》也在不停地被各国导演"翻新"。这部英文剧首演时是作为贝克特《终局》的暖场，由唐纳德·麦克温尼（Donald McWhinnie）导演，帕特里克·玛吉（Patrick Magee）饰演克拉普。后来著名演员里克·克拉彻（Rick Cluchey）、约翰·赫特（John Hurt）和戏剧家哈罗德·品特（Harold Pinter）也都饰演过克拉普这个角色。半个世纪之后，美国导演罗伯特·威尔逊将《克拉普的最后一盘录音带》带到了中国。2014 年，在以"中国的梦想，世界的舞台"为主题的北京的第六届戏剧奥林匹克上，罗伯特·威尔逊自导自演了《克拉普的最后一盘录音带》，也被译为《克拉普最后的碟带》，以一盘磁带演绎一幕人生。贝克特式戏剧人物的孤独暮年与舞台上极富现代气质的灯光和声音的运用，展现出了罗伯特·威尔逊作品令人叹为观止的视听魔力和完美艺术。

值得一提的是，贝克特的一些晚期短剧也于近几年开始在中国上演。2014 年春，贝克特遗产事务中心第一次对外授权汉译版，授权给上海莎士比亚剧团演出贝克特的三部短剧：《戏》《落脚声》《什么哪里》。作为贝克特最负盛名的短剧之一，《戏》第一次被搬上舞台是在 1963 年，剧本讲述了一男两女分别被置身于一个大瓮中，被埋到了脖子，却仍然在没完没了地述说他们庸俗的三角恋的情节。1975 年完成的《落脚声》呈现的是一位活在过去中的中年女子不停地来回踱步，来自她的声音和来自别处的声音交流、融汇。贝克特的最后一部舞台剧《什么哪里》于 1983 年第一次首演。

1972 年贝克特创作了《不是我》，这部戏剧自始至终只有一张嘴在动，是关于女性声音在舞台上意识流式的独白。1972 年底，《不是我》在纽约林肯中心首演，当时小剧场还叫论坛剧院，现在已经改叫米兹新剧院（Mitzi E. Newhouse Theater）了。当时的演员杰西卡·坦迪（Jessica Tandy）因为独白语速没有达到贝克特的期望，台词说得太慢，让贝克特深感失望和愤怒。1973 年 1 月，在贝克特的亲自指导下，该剧由怀特劳在英国皇家宫廷剧院主演。贝克特对作品的演出极为关注，指出了很多细节问题，怀特劳做了大量笔记，按照贝克特的意旨去阐释作品。她被要求增白牙齿以求灯光下的良好效果，被要求学习和模仿爱尔兰老妇人的说话口音等等。演出结束后，怀特劳成为贝克特该部作品最权威的阐释者。她曾经戏称自己只是贝克特的一个舞台道具和媒介，由于贝克特对该部戏剧的严苛要求，怀特劳还曾经因来自体能和精神的双重压力而几近崩溃。但是尽管排练过程极其辛苦，怀特劳依然对贝克特有极高的评价和肯定，并且帮助他于 1977 年为 BBC 把这出戏拍成了电影，今天在 Youtube 上也可以看到。但是贝克特对电视版本的《不是我》并不是很满意，他认为电视版没有达到舞台表演的效果。此后该剧还有过几次重要的舞台演出，贝克特本人把《戏》翻译成法文后，在 1978 年指导了该剧在巴黎的演出。2000 年朱莉安·摩尔的演出也可以在 Youtube 上看到。

2005 年开始爱尔兰人丽莎·道恩成了《不是我》的最新诠释者，其表演受到广泛好评。2014 年 10 月 7 日到 12 日，丽莎·道恩在纽约再次演出贝克特的戏剧。演出的形式是连演三幕贝克特为单个女演员写的独白式戏剧，以《不是我》开始，接着表演《落脚声》和《摇篮曲》，全长大约一小时。据说她是能用爱尔兰口音把《不是我》的独白演得最快的人。当年杰西卡·坦迪用了 22 分钟，受到贝克特的批评，怀特劳用了 14 分钟，而丽莎·道恩只用了 8 分多钟。贝克特曾经认为这部戏的独白再快都不算快，但是他要求每一个词、每一个音符和音节的发音都必须清楚。由此可见贝克特和演员们对艺术追求的努力和付出的艰辛。2015 年，这三部剧又被搬到了香港。目前，在中国舞台上，贝克特的许多戏剧都被演绎过，比如赖声川演过《来和去》

（*Come and Go*）《默剧Ⅱ》（*Act without Words* Ⅱ）《戏》（*Play*）《俄亥俄即兴》《什么哪里》《落脚声》等，相信在不久的将来，贝克特的《不是我》这部戏剧也许会有中文版本的首演。

　　纵观贝克特作品的上演历史，可以看出贝克特的作品半个多世纪以来传遍了世界各地，而且还在继续影响着当下时代的人。贝克特作品里的人物是我们每一个人。我们中的大多数人都害怕被抛弃、害怕孤独。贝克特认为这种无边的不确定性正是人类生存的本质，他的作品揭示了真实人性的戏剧精神。它们代表着一个特定时代的人类思想与戏剧样式。从他的戏剧里，不同时期的导演总能重新找寻到与当下时代无论是内容还是形式的结合点，通过再创作，使其广为留存，并影响一代又一代的人，使之获得精神上的震撼和奋起的力量。这也许就是贝克特戏剧的伟大之处，也是它们"永葆青春"的奥秘所在吧。

附录一 1969年诺贝尔文学奖授奖辞

（瑞典学院常务理事卡尔·拉格纳·吉罗）

如果将敏锐的想象力和逻辑掺拌到荒谬的程度，结果将是一种似是而非的诡谲，或是一个爱尔兰人，如果是一个爱尔兰人，这似是而非的诡谲会自动地包含于其中诺贝尔奖确实曾有被分享的情况出现，有趣的是，今年正发生了这种情况：一份诺贝尔奖颁给了一个人，两种语言和第三个国家，而且是一个分裂的国家。

塞缪尔·贝克特于1906年出生在都柏林，将近半个世纪后，他才在巴黎扬名于世界文坛。3年之内出版的5部杰作立刻使他一跃成为文学界泰斗。这5部作品分别是1951年出版的小说《莫洛伊》及其续集《马洛纳之死》，1952年出版的剧本《等待戈多》，1953年出版的《莫洛伊》的第二部续集《无名的人》及另一部小说《瓦特》。这一系列作品的问世，使作者在现代文学中大放异彩。

上述的年份只是指这些书出版的时间，不同于其完稿的年代及写作顺序。这些作品的雏形必须追溯到当时的环境及贝克特思想的早期发展。或许只有求助于贝克特近年的作品，才能了解到他的文学起点及小说《莫洛伊》，以至作家乔伊斯、普鲁斯特分别在1929年和1931年对他产生的重要影响。这位小说与戏剧的新表现形式的先锋，承袭了乔伊斯、普鲁斯特和卡夫卡的文学传统，而他早年的戏剧创作则植根于18世纪90年代的法国文学和阿尔弗雷德·雅里的《于布·王》。

从某种角度上说，小说《瓦特》的非凡创作可以看作是贝克特文学生涯的转折点。久居巴黎的贝克特于纳粹占领后设法逃到了法国南部，并在1942年至1944年间完成了这本书。在这本书中，他告别了使用多年的英语而开始用法语写作，由此使他成名。直至15年后他才恢复使用母语进行写作。他在完成《瓦特》而着手开始另一部新作时，气氛也变了。他的其他成名作写于1945至1949年间，都以第二次世界大战为题材。大战后他的作品已趋于成熟，展现出独特的风格。

第二次世界大战对贝克特的影响既不是战争的实际意义，也不是前线的战事或是他自己曾参加的"抵抗运动"，而在于重返和平后的种种：撕开地狱的帷幕，可怕地展露出人性在强制命令下服从的本能，已达到了非人道的堕落程度，以及人性如何在这场掠夺下依然残存不灭。因此，贝克特的作品一再以人的堕落为主题，而他所表现的生命态度，更强调了生命存在的背景犹如闹剧般地既怪异又悲哀，这可以说是否定论——一种在完成全部历程前不能受干扰的否定论。它必须持续到底，因为唯有那样，才会发生悲剧思想和诗境显示的奇迹。

这种否定一旦形成了，它能给我们什么呢？一种肯定的愉悦的意象——在其中，黑暗本身将成为光明，最深的阴影将是光源所在。它的名字是同情。有着无数的前辈。亚里士多德自希腊悲剧中发展出他的经由同情和敬畏的"净化"理论。

而否定形成的意象，不只是希腊悲剧中恐惧的积累。人自叔本华深沉痛苦中得来的力量超过了谢林的爽朗天性。人在巴斯卡苦闷的怀疑中找到的神的恩宠，胜于莱布尼兹盲目信仰理论上各种世界的美好。我们再度审视爱尔兰文学遗产对贝克特作品的影响——他获益于狄恩·斯威夫特对人类黑暗狂暴的描绘远远超过奥立佛·哥尔斯密斯苍白的田园牧歌。

贝克特世界观的关键在于两种悲观的不同，一种是轻易的、不在乎思考一切的悲观，另一种是在无法设防的悲惨境遇中痛苦地面对现实而来的悲观。前者的悲观在于凡事皆没有价值因而有其极限，后者试图用自相反的观念去解释，因为没有价值的东西绝不能再降低它的价值。我们曾目睹了前人所未见到的人的堕落，如果我们否定了一切价值，堕落的证明就不存在了。但是如果了解了人的堕落会加大我们的痛苦，则我们更能认识人的真正价值。这就是内在的净化及来自贝克特黑色悲观主义的生命力量。更有甚者，这种悲观主义以其丰富的同情心，拥抱了对人类的爱，因为它了解剧变的极限，一种绝望必须达到痛苦的顶峰才会知道没有了同情，所有的境界都将消失。贝克特的作品发自近乎绝灭的天性，似已列举了全人类的不幸。而他凄如挽歌的语调中，回响着对受苦者的救赎和遇难灵魂的安慰。

这在贝克特的两大杰作中或许表现得最为明显，《等待戈多》和《啊，美好的日子》都可被视为圣经的注释。例如在《等待戈多》中有这样的句子："你是那将要降临的还是我们要再等待的另一个呢？"剧中两个流浪汉必须面对的，是以野蛮方式残忍而无意义地生存着。这可以说是一部比较富有人性的剧本，没有法律比创造本身更为残忍。而人在创造中唯一占有的地方，是出自他有心恶意地将其他法律加诸其上的事实。但倘若我们想象有一个神，一个创造了人类能忍受的、无尽的痛苦的神，那么我们正如剧中的两个流浪汉一样，将以何种方式相会于某时某地呢？贝克特对这个问题的答案就是剧本的名字。到剧终时我们仍未弄清戈多的身份，就像我们到了自己生命的最后一幕仍不明白一样。幕落了，我们深信眼前看过的残害的力量，但我们明白一件事，无论经历怎样的折磨，有一种东西是永远磨灭不了的，那就是希望。《等待戈多》中简单地描绘了人类面对永远的、不可料知的等待，所做的形式上的抉择。

在另一剧本中《圣经》的引喻多和人的现实的选择相关。他们彼此的关系，就像在旷野里听到了喊声。贝克特在剧本的解说中，针对一个无望地坐在沙

漠中的不负责任的幻想加以说明，但主题则是另一回事。外在发生的是一个
与世隔绝的人被越积越多的沙子覆盖，直到他完全被埋葬在自己的寂寞中。
但一样东西始终矗立在令人窒息的沉默中，那就是他的头和他在旷野里的喊
叫。人只要活着，就有一种不可消失的需求，在寻找自己的同类，和他们说话，
互通讯息。

　　瑞典学院对于塞缪尔·贝克特未能在今天与我们同在深感遗憾。不过他
选了首先认识到他的作品的重要性的巴黎出版商林东先生代表他，前来接受
奖金。现在就请林东先生从国王陛下手中领取他所颁发的诺贝尔文学奖。

附录二 贝克特主要作品一览表

时间 Time	作品名称 Title	类别 Genre
1929	《但丁···布鲁诺·维柯 .. 乔伊斯》Dante··· Bruno.Vico..Joyce	论文
1929.6	《臆断》 *Assumption*	短篇小说
1930	《腥象》（又译《婊子镜》）*Whoroscope*	诗歌
1931	《论普鲁斯特》*Proust*	论文
1931	《晨曲》*Alba*	诗歌
1932 创作 （1992 出版）	《梦中佳人至庸女》*Dream of Fair to Middling Women*	长篇小说
1934	《徒劳无益》（又译《少踢多刺》）*More Pricks Than Kicks*	短篇小说集
1934	《但丁和龙虾》Dante and the Lobster	短文
1935	《回声之骨及其他沉积物》（又译《应声骰子与其他掷物》）（Echo's Bones and Other Precipitates, 1935）	诗歌
1938.3	《莫菲》*Murphy*	长篇小说
1942	《瓦特》*Watt*	小说
1946.7 开始创作 （1970 出版）	《梅西埃和卡米耶》（法语名 *Mercier et Camier*）	小说

续 表

时间 Time	作品名称 Title	类别 Genre
1947 （1995年出版）	《自由》 *Eleutheria*	戏剧
1949	《三个对话》 *Three Dialogues*	戏剧
1951	《莫洛伊》 *Molly*	小说
1951	《马龙之死》 *Malone Dies*	小说
1952	《等待戈多》 *Waiting for Godot*	戏剧
1953	《无法称呼的人》/《无名氏》 *The Unnamable*	小说
1957	《所有倒下的人》 *All That Falls*	广播剧
1957	《终局》 *Endgame*	戏剧
1957	《余烬》 *Embers*	广播剧
1957	《哑剧Ⅰ》 *Act without Words Ⅰ*	戏剧
1958	《出自一件被遗弃的作品》 *From an Abandoned Work*	短文
1958	《克拉普的最后一盘磁带》 *Krapp's Last Tape*	戏剧
1959	《尸骸》/《余烬》 *Embers*	广播剧
1961	《啊，美好的日子》 *Happy Days*	戏剧
1961	《是如何》/《依然如此》 *How It Is*	小说
1962	《语言与音乐》 *Word and Music*	广播剧
1962—63	《戏》/《喜剧》 *Play*	戏剧
1963	《哑剧Ⅱ》 *Act without Words Ⅱ*	戏剧
1963	《卡斯康多》 *Cascando*	广播剧
1967	《来和去》 *Come and Go*	戏剧

续 表

时间 Time	作品名称 Title	类别 Genre
1968	《喂，乔》 *Eh, Joe*	电视剧
1969	《呼吸》 *Breath*	戏剧
1970	《米歇尔与卡米尔》 *Mercier et Camier*	小说（法语）
1970	《故事和无意义的片段》 *Stories and Texts for Nothing*	短篇小说集
1971	《迷失者们》 *The Lost Ones*	小说
1972	《不是我》 *Not I*	短剧
1975	《落脚声》 *Footfalls*	短剧
1975	《鬼魂三部曲》 *GhostTrio*	电视剧
1976	《功败垂成》 *Fizzles*	散文集
1977—1978	《一阕独白》 *A Piece of Monologue*	戏剧
1980	《同伴》 *Company*	短篇小说
1981	《看不清道不明》 *Ill Seen Ill Said*	短篇小说
1982	《俄亥俄即兴之作》 *Ohio Impromptu*	短剧
1980-1982	《摇篮曲》 *Rockaby*	戏剧
1982	《灾难》 *Catastrophe*	短剧
1983	《什么那里》 *What Where*	短剧
1983	《更糟》 *Worstward, Ho*	小说
1988	《静止的躁动》 *Stirrings Still*	散文
1989	《如何说》 *What is the Word*	诗歌

主要参考文献

英文参考书目

Alvarez, A. Beckett. Glasgow: William Collins Sons & Co Ltd., 1978.

Axelrod, M.R. *The Politics of Style in the Fiction of Balzac, Beckett, and Cortazar,* Palgrave Macmillan UK, 1992.

Bair, Deirdre. "A Stain upon the silence." *Samuel Beckett: A Biography.* London: Pan Books, 1978. 532-39.

Barbour, Thomas. "Beckett and Ionesco." *Hudson Review*, 11. (Summer 1958).

Barricelli, Jean-Pierre. *Chekhov's Great Plays*. New York: New York University Press, 1981.

Beckett, Samuel. *Waiting for Godot*. 1956. New York: Grove Press Inc., 1982.

Beckett, Samuel. Embers.In *Samuel Beckett: Collected Shorter Plays*, New York：Grove Press, 1984(91-104).

Beckett, Samuel. *Endgame*. New York: Grove Press, 1958.

Beckett, Samuel. *Happy Days*. New York: Grove Press, 1961. *Samuel Beckett: The Complete Dramatic Works*. Ed. James Knowlson. London: Faber and Faber, Ltd., 1986.138-68.

Beckett, Samuel. *Krapp's Last Tape and Embers.London*：Faber and Faber,

1959.

Beckett, Samuel. *The Letters of Samuel Beckett: Volume 1, 1929-1940*. ed. By Martha Dow Fehsenfeld, Lois More Overbeck, Dan Gunn, George Craig. Cambridge University Press, 2009.

Ben-Zvi, Linda. "Samuel Beckett, Fritz Mauthner, and the Limits of Language." *PMLA* 2. vol. 95, (March 1980). Modern Language Association of America, 1980. 193.

Besbes, Khaled. *The Semiotics of Beckett's Theatre: A Semiotic Study of the Complete Dramatic Works of Samuel Beckett*. Universal Publishers, 2007.

Bignell, Jonathan. *Beckett on Screen*. Manchester: Manchester University Press, 2009.

Brandt, George W. *Modern Theories of Drama: A Selection of Writings on Drama and Theatre, 1840-1990*. New York: Oxford University Press Inc., 1998.

Carlson, Marvin. "France in the Late Nineteen Century." *Theories of the Theatre: A Historical and Critical Survey*. Ithaca and London: Cornell University Press, 1984. 294-301.

Carman, Bliss. "The Modern Athenium." *Boston Evening Transcript*, July 17, 1897.

Clark, Barrett H. *European Theories of the Drama*. New York: Crown Publishers, Inc., 1965.

Cohn, Ruby. *A Casebook on 'Waiting for Godot'*, New York: Grove Press, 1967.

Cohn, Ruby. *Back to Beckett*, Princeton: Princeton University Press, 1973.

Cohn, Ruby. *Samuel Beckett*. New York: McGraw Hill, 1975.

Cohn, Ruby. ed., Samuel Beckett: *A Collection of Criticism*, New York:

McGraw-Hill, 1975.

Cohn, Ruby. *Samuel Beckett: The Comic Gamut*, New Brunswick (NJ): Rutgers University Press, 1962.

Cronin, Anthony.*Samuel Beckett: The Last Modernist*, London: Harper-Collins, 1996.

Eliopulos, James. *Samuel Beckett's Dramatic Language*. Mouton & Co. N. V., Publishers, The Hague, 1975.

Essif, Les. *Empty Figure on an Empty Stage: The Theatre of Samuel Beckett and His Generation*. Indiana University Press, 2001.

Esslin, Martin. *Absurd Drama*. Penguin Books, 1965.

Esslin, Martin. "A Theatre of Stasis-Beckett's Late Plays." *Critical Essays on Samuel Beckett*. Ed. Patrick A. McCarthy.G. K. Hall, 1986. 192-198.

Esslin, Martin. *The Theatre of the Absurd*. Harmondsworth: Penguin Books Ltd., 1968.

Esslin, Martin. "Towards the Zero of Language." *Beckett's Later Fiction and Drama: Texts for Company*. Eds. James Acheson and Kateryna Arthur. The Macmillan press Ltd., 1987. 35-49.

Esslin, Martin. ed., *Samuel Beckett: A Collection of Critical Essays,* Englewood Cliffs (NJ): Prentice-Hall, 1965.

Esslin, Martin. "Samuel Beckett and the Art of Radio", *Mediations: Essays on Brecht, Beckett and the Media*. New York: Grove Press, 1982.

Federman, Raymond. *Journey to Chaos: Samuel beckett's Early Fiction*, Berkley (CA): University of California Press, 1965.

Federman, Raymond and Fletcher, John.*Samuel Beckett: His Work and His Critics*, Berkley (CA): University of California Press, 1970.

Fletcher, Beryl S., John Fletcher, Barry Smith, and Walter Bachem, eds. *A Student's Guide to the Plays of Samuel Beckett*. Faber & Faber Limited, London: 1978.

Fletcher, John. Beckett: *A Study of his Plays*, New York: Hill and Wang, 1972.

Fletcher, John. *Samuel Beckett's Art*, London: Chatto and Windus, 1967.

Fletcher, John. *The Novels of Samuel Beckett*, London: Chatto and Windus, 1964.

Freedman, Morris. *Essays in the Modern Drama*. Boston: D. C. hearth and Go., 1964.

Friedman, Melvin J. *Samuel Beckett Now*. Chicago and London: University of Chicago Press, 1970.

Frisch, Jack E. "Beckett and Havel: A Personification of Silence." *Beckett and Beyond*. Ed. Bruce Stewart. Gerrards Cross,Buckinghamshire : Colin Smythe, 1999. 115-26.

Gassner, John. "Maurice Maeterlinck." *A Treasury of the Theatre: From Aeschylus to Ostrovsky*. New York: Simon and Schuster, Inc., 1967. 200-02.

Gordon, Lois.*The Cambridge Iintroduction to Samuel Beckett*.Yale University Press，1996.

Gordon, Lois.*The World of Samuel Beckett,* New Haven: Yale University Press, 1996.

Gontarski, S. E. *Beckett Matters: Essays on Beckett's Late Modernism*. Edinburgh: Edinburgh University Press, 2016.

Gontarski, S. E. "Editing Beckett-Editing Errors and the Changing Texts of Samuel Beckett." *Twentieth Century Literature*, Summer, 1995.

Graver, Lawrence and Federman, Raymond. eds. *Samuel Beckett: The Critical*

Heritage. Detroit: Wayne State UP, 1973.

Guicharnaud, Jacques. *Modern French Theatre from Giraudoux to Beckett*. New Haven: Yale University Press, 1961.

Harvey, Lawrence. "Art and Existential in En Attendant Godot." *PMLA*, LXXV (March, 1960), 138-41.

Hassan, Ihab. *The literature of silence: Henry Miller and Samuel Beckett*. New York: Knopf, 1967.

Haule, John Ryan. *Sojourns in Cosmic Consciousness* (Chapter Three). 19 pp. http://www.jrhaule.net.

Hayman, Ronald. *Theatre and Anti-Theatre: New Movement since Beckett*. London: Martin Secker & Warburg Ltd., 1979.

He Chengzhou. *Henrick Ibsen and Modern Chinese Drama*. Oslo Academic Press, 2004.

Herren, Graley. *Samuel Beckett's Plays on Film and Television*. Palgrave Macmillan, 2007.

Hochman, Stanley. *Mcgraw-Hill Encyclopedia of World Drama*. Mcgraw-Hill, Inc. Book Company, 1984.

Hoffman, Frederick. J.*Samuel Beckett: The Language of Self*, Carbondale: Southern Illinois University Press, 1962.

Kennedy, Andrew K. *Samuel Beckett*. Cambridge: Cambridge University Press, 1989.

Kern, Edith. "Beckett's Modernity and Medieval Affinities." *Critical Essays on Samuel Beckett*. Ed. Patrick A. McCarthy. G. K. Hall, 1986. 145-52.

Knowlson, James. Damn to Fame: *The Life of Samuel Beckett*.Simon & Schuster; 2nd prt. Edition, 1996.

Knowlson, James. *Light and Darkness in the Theatre of Samuel Beckett.* London: Turret Books, 1972.

Levy, Shimon. *Samuel Beckett's Self-Referential Drama: The Three I's.* London: The Macmilian Press Ltd, 1990.

Lezard, Nicholas. "Radio: Ride of the Valkyries? That's Chill-Out Music", *Independent on Sunday Magazine*, London, 2004.

Liang Fang. *The Art of Scarcity: A Narratological Study of Samuel Beckett's Prose Trilogy*. Shanghai: Fudan University Press, 2011.

Luce, John V. "Samuel Beckett's Undergraduate Courses at Trinity College Dublin".*Hermathena* No. 171. Trinity College Dublin, 2001.http://www.jstor.org/stable/23041220.

Maeterlinck, Maurice. "The Tragical in Daily Life (1894)". *The Treasure of the Humble*. Trans. Alfred Sutro. New York: Dodd, Mead, 1900. 97-119.

Maeterlinck, Maurice. *The Treasure of the Humble*. Paris: Societe du Mercure de France, 1898.

McCarthy, Patrick A. *Critical Essays on Samuel Beckett*.Boston: G. K. Hall & Co., 1986.

McGuinness, Patrick. *Maurice Maeterlinck and the Making of Modern Theatre*. New York: Oxford University Press Inc., 2000.

Omer, Mardechai. *Samuel Beckett*. London: Victoria & Albert Museum, 1976.

Oppenheim, lois. *Palgrave Advances in Samuel Beckett Studies*. New York: Palgrave Macmillan, 2004.

Perloff, Marjorie. "The Silence That Is Not Silence: Acoustic Art in Samuel Beckett's *Embers*", http://epc.buffalo.edu/authors/perloff/beckett.html.

Pilling, John. *A Samuel Beckett Chronology*. Palgrave Macmillan, 2006.

Pilling, John. *Samuel Beckett*. London: Routledge & Kegan Paul Ltd., 1976.

Pilling, John. *The Cambridge Companion to Beckett*. Shanghai: Shanghai Foreign Language Education Press, 2000.

Pountney, R., *Theatre of Shadows: Samuel Beckett's Drama 1956-1976*. Gerrards Cross: Colin Smythe, 1988.

Pronko, Leonard C. *Avant-Garde: The Experimental Theatre in France*. Berkeley: University of California Press, 1962.

Roche, Anthony. *Contemporary Irish Drama: From Beckett to McGuinness*. Dublin: Gill & Macmillan Ltd. 1994.

Sontag, Susan. *Against Interpretation*. New York: Farrar, Strauss, Giroux, 1966.

Stewart, Paul. *Sex and Aesthetics in Samuel Beckett's Work.New Interpretations of Beckett in the 21st Century (2011th Edition)*.New York: Palgrave Macmillan, 2011.

Turney, Wayne S. "A Glimpse of Theatre History." *Anti-Realism in the Theatre*. http://www.wayneturney.20m.com/antirealism.html.

Wolosky, Shira. "Samuel Beckett's Figural Evasions." *Languages of the Unsayable: The Play of Negativity in Literature and Literary Theory*. Ed. Sanford Budick and Wolfgang Iser. New York: Columbia University Press, 1989. 165-86.

中文参考书目

阿诺德·欣奇利富，《荒诞说》，刘国彬译，北京：中国戏剧出版社，1992 年。

贝克特，《等待戈多》，北京：人民文学出版社，2002 年。

贝克特，《等待戈多》，余中先译，长沙：湖南文艺出版社，2013 年。

贝克特，《戏剧集》，赵家鹤等译，长沙：湖南文艺出版社，2013 年。

布莱希特，《布莱希特论戏剧》，刘国彬，金雄晖译，北京：中国戏剧出版社，1992 年。

笛卡尔，《第一哲学沉思集》，庞景仁译，北京：商务印书馆，1996。

曹禺，《日出》，北京：外文出版社，2001 年。

高音，"文化英雄：推翻妨碍中国戏剧七十年的'第四堵墙'"，《艺术评论》，2005 年第 1 期。

戈登，《塞缪尔•贝克特和他的世界》，唐盈译，上海：敦煌文艺出版社出版，2000。

海德格尔，《存在与时间》，北京：三联出版社，1987 年。

何成洲，"贝克特：戏剧对小说的重写"，《当代外国文学》，2003 年第 4 期。

何成洲，"贝克特的'元戏剧'研究"，《当代外国文学》，2004 年第 3 期。

黑格尔，《美学》，第三卷下册，商务印书馆，1981 年。

加缪，《加缪文集》，郭宏安等译，南京：译林出版社，1999 年。

莱辛，《汉堡剧评》，上海：上海译文出版社，1981 年。

龙昕，"贝克特戏剧与远古神话"，《外国文学研究》，1999 年第 2 期。

刘春梅，"悲剧精神与艺术人生——读《悲剧的诞生》"，《学园》，1998 年第 6 期，第 97 页。

吕效平，《戏曲本质论》，南京大学出版社，2003 年。

契诃夫，《三姐妹》，曹靖华译，北京：中国戏曲出版社，1960 年。

冉东平，"突破现代派戏剧的艺术界限"，《外国文学评论》，2003 年第 2 期。

汝龙：《契诃夫论文学》，北京：人民文学出版社,1958 年。

斯泰恩,《现代戏剧理论与实践》(中),刘国彬译,北京:中国戏剧出版社,

2002 年。

苏·叶尔米洛夫，《论契诃夫的戏剧创作》，张守慎译，北京：中国戏剧出版社 ,1985 年。

孙美堂，"有·无·悲——悲剧本质小识"，《北京理工大学学报（社会科学版）》，2003 年第 5 卷，第 3 期，第 78 页。

孙文辉，《戏剧哲学》，长沙：湖南大学出版社，1998 年。

邵旭东，"美国小说中的荒诞问题"，http://blog.sina.com.cn/s/blog_505827dc0102vni6.html

叔本华，《伦理学的两个基本问题》，北京：商务印书馆，1996 年。

叔本华，《叔本华美学随笔》，韦启昌译，上海：上海人民出版社，2009 年。

童道明，"契诃夫与 20 世纪现代戏剧"，《外国文学评论》，1992 年第 3 期。

王雅华，《不断延伸的思想图像：塞缪尔·贝克特的美学思想与创作实践》，北京：北京大学出版社，2013 年。

王雅华，"作者之死与游戏的终结——塞缪尔·贝克特小说《马隆纳之死》之后结构解读"，《国外文学》，2004 年第 2 期。

亚里士多德，《诗学》，罗念生译，人民文学出版，1982 年。

肖四新，《西方文学的精神突围》，北京：中央编译出版社，2003 年。

肖四新，"信仰的破灭与重建——论《等待戈多》的潜在主题"，《当代外国文学》，2001 年第 1 期。

杨海濒，"论契诃夫剧作的诗化及美学意义"，《南京师大学报》，1999 年第 3 期。

尤涅斯库，"出发点"，载于《外国现代剧作家论剧作》，中国社会科学院外国文学研究所外国文学研究资料丛刊编辑委员会编，中国社会科学出版社，1982 年。

赵亚莉，"有关塞缪尔·贝克特的三部新传记"，《外国文学动态》

1997 年第 4 期。

詹姆斯·诺尔森，《贝克特肖像》，约翰·海恩斯摄影，王绍祥译，上海人民出版社、世纪出版股份有限公司、文景文化传播有限公司 ,2006 年。

周靖波，《西方剧论选（下）》，北京：北京广播学院出版社，2003 年。

后 记

　　我本人对贝克特的作品一直特别喜欢。学生时代看过贝克特的《等待戈多》以后，便一发不可收拾地爱上了这位作家的作品。每次读他的剧本都很震撼。在南京大学读研期间，我在导师何成洲教授的建议下，选择了贝克特的静止戏剧作为毕业论文选题，这本书的第五章就是在此基础上整理而成的。当时国内相关领域的研究成果可以说几乎没有，何老师说这样的研究才更有意义，在他的鼓励下，我决定不管遇到多少困难和挑战都要坚持下去，将它如期完成。我托朋友从国外购买了一些相关资料，在阅读这些资料的过程中我发现国外的贝克特研究视角已经非常广泛，于是更加激发了我学习和研究贝克特作品的动力。后来为了扩大自己的知识面，我选修了文学院吕效平教授的戏剧课，并到南京艺术学院交流，向中央戏剧学院、复旦大学和南京艺术学院的老师们请教，反复研读贝克特的戏剧文本，观摩贝克特作品的演出。那段时间非常辛苦，但是也特别充实。

　　2006年研究生毕业后，我来到山东师范大学外国语学院工作，在承担英美文学课程的教学工作期间，也一直在关注国内外专家学者对贝克特作品的研究动向，以及贝克特戏剧在中国的上演情况。但是由于种种原因，对贝克特作品的研究曾经中断了一段时间。2016年在与一位英国爱丁堡大学的朋友交流的过程中，我产生了将之前写的一些关于贝克特作品的解读和感想梳理成集的想法。英国爱丁堡大学的《贝克特研究期刊》做得非常好，我在那里阅读了许多高质量的文章，为本书的成形提供了帮助。但是鉴于自己才疏学浅，知识有限，在写作过程中还是遇到了不少困难，也让我更加明白自己还有许多东西需要学习，将来还有很长很长的路要走。

这本书也算是了却我个人的一个夙愿，给自己一个交代。贝克特为了探寻艺术的本质和存在的意义，倾其一生进行创作实验，那么我想我也应该以大师为榜样，保持不断学习、不停探索的精神吧。以此与各位读者共勉。